[BIBLIO]TE[C]HÈQUE

ÉCONOMIQUE ET PORTATIVE,

OU

COLLECTION DE RÉSUMÉS

SUR

L'HISTOIRE ET LES SCIENCES,

PAR

UNE SOCIÉTÉ DE SAVANS ET DE GENS DE LETTRES.

à 60 cent. le vol.

Pour les Souscripteurs, et 75 c. séparément.

20e *livraison.*

RHÉTORIQUE.

PARIS,
DAUTHEREAU, LIBRAIRE,
Grande cour du Palais-Royal.
1826.

BIBLIOTHÈQUE
Economique.

TOME XXIX.

IMPRIMERIE DE CASIMIR,
rue de la Vieille-Monnaie, n° 12.

ÉLÉMENS

DE

RHÉTORIQUE

FRANÇAISE.

L'instruction est l'amie de tous.

A PARIS,

CHEZ DAUTHEREAU,

A LA LIBRAIRIE AU RABAIS,

Grande cour du Palais-Royal, côté du Théâtre-Français, nº 21 *bis*.

1826.

ÉLÉMENS
DE
RHÉTORIQUE
FRANÇAISE.

CHAPITRE PREMIER.

DE LA DÉFINITION DE LA RHÉTORIQUE, DE SON UTILITÉ.

LA *rhétorique* est l'*art de bien dire*, c'est-à-dire, de s'exprimer d'une manière convenable sur chaque sujet. Son but est d'indiquer les routes qui conduisent à l'éloquence. La rhétorique, fille de l'art, vient tout entière de l'étude, tandis que l'éloquence, fille de la nature, se sert seulement de la rhétorique, comme d'un utile appui. Les régles dirigent le génie même, quoique l'éloquence et le génie aient devancé les règles; car tous les arts sont susceptibles de perfectibilité, et les derniers venus dans la carrière, ne peuvent s'élancer plus loin que leurs devanciers qu'en profitant de l'expérience acquise pour suivre la noble route qu'ils se sont ouverte, et éviter les écueils dans lesquels ils sont tombés.

Les règles de bien dire ne sont pas des lois arbitraires et inventées à plaisir; elles ont leurs fondemens dans l'expérience et la raison, et sont aussi immuables que la nature; elles sont le fruit des observations faites par les philosophes sur les discours des plus grands orateurs; et c'est la collection de ces observations, comparées avec les principes du raisonnement et la connaissance du cœur humain, qui constitue la rhétorique.

Les préceptes sans doute ne sauraient seuls former un orateur, et lui faire trouver une seule beauté réelle; cependant ils servent à étendre ses connaissances, à multiplier ses idées, à aider ses efforts, à modérer son enthousiasme; ils accoutument son esprit à l'ordre, indiquent les principes, découvrent les conséquences, éclaircissent les difficultés et ramènent sans cesse à la vérité: quelque étude de l'éloquence qu'eût fait Démosthènes, jamais il ne fût parvenu à ces miracles qui nous transportent d'admiration, s'il n'eût été formé par la nature pour être le plus grand orateur de sa patrie. Mais, aussi, s'il eût négligé les règles, peut-être aurait-il grossi le nombre de ceux dont les noms sont plongés dans l'oubli?

Telle est l'étroite liaison qui unit l'art à la nature; sans elle l'art deviendrait inutile, et sans l'art la nature ne produirait rien de parfait.

CHAPITRE II.

DES GENRES DE DISCOURS.

Le domaine de l'éloquence est immense ; car elle embrasse tout ce qui a rapport à la vérité et à la vertu, aux lettres, aux sciences, aux arts, enfin à tout ce qui intéresse la gloire et le bonheur des sociétés et des empires. Cependant les anciens, et après eux les modernes, ont réduit à trois classes de compositions oratoires toutes les questions dans lesquelles la persuasion peut avoir lieu, et auxquelles s'appliquent les préceptes de la rhétorique. C'est ce qu'on appelle les genres démonstratif, délibératif et judiciaire.

DU GENRE DÉMONSTRATIF.

Le *genre démonstratif* est entièrement consacré au blâme et à la louange. Il comprend les panégyriques, les oraisons funèbres, les éloges, les complimens, les critiques, les harangues publiques, et tout ce qui peut relever par des formes brillantes les actions illustres, les événemens mémorables.

DU GENRE DÉLIBÉRATIF.

Dans le *genre délibératif*, il s'agit d'exhorter ceux qui délibèrent à prendre un parti sur la paix, sur la guerre, sur l'administration publique; il est du ressort de la tribune. Le genre délibératif proprement dit, est nouveau parmi nous. Ce n'est que depuis la révolution que nos assemblées civiles ont ouvert une belle et vaste carrière à ce genre d'éloquence par lequel nous sommes non-seulement convaincus, mais encore émus, transportés et entraînés avec l'orateur. Depuis cette époque, nous avons égalé les anciens, et l'éloquence de nos députés a rendu vraisemblables les discours des héros de Tite-Live, de Tacite, de Salluste, qu'on pouvait croire de brillantes fictions.

Les siècles de gloire sont la source des beaux talens et des grandes vertus; il faut assurément que cette gloire ne soit point une chimère, puisqu'elle fait battre le cœur de celui qui ne doit que les juger. On ne parle point dans le sérail d'un despote comme à la tribune de France ou d'Angleterre. Quoique le gouvernement représentatif ne fasse que de naître parmi nous, déjà nous sommes éloquens.

DU GENRE JUDICIAIRE.

Le *genre judiciaire* s'occupe du juste et de l'injuste, et a pour objet toutes les questions de fait, de droit ou de nom, portées devant les tribunaux. Pierre a-t-il tué Paul? voilà une question de fait, il s'agit de l'éclaircir. Pierre avoue qu'il a tué Paul, mais il soutient qu'il en avait le droit, pour défendre ses jours attaqués ; voilà une question de droit. Pierre a commis un homicide : cet homicide est-il un meurtre ou un assassinat ? c'est une question de nom. Le *meurtre* est défini un homicide commis involontairement, et l'*assassinat* un homicide commis volontairement et avec préméditation, ou de guet-à-pens, ou accompagné d'un délit quelconque.

Les trois genres d'éloquence ne sont pas tellement séparés qu'ils ne se réunissent jamais. Souvent, au contraire, un sujet peut embrasser deux de ces genres, et quelquefois les réunir tous trois. On donne au discours le nom du genre qui y domine.

De quelque genre que soit le sujet que l'on traite, l'orateur, dit *le chevalier de Jaucourt*, a nécessairement trois fonctions à remplir ; la première est de trouver les choses qu'il doit dire, la seconde de les mettre dans un ordre convenable, et la troisième de les exprimer avec éloquence : c'est ce qu'on appelle *invention*, *disposition*, *élocution*. Cette division n'est nullement arbitraire ; elle est l'expression exacte de la nature des choses. A ces trois parties de l'art oratoire certains rhéteurs en ajoutent une quatrième, l'*action*, qui renferme la prononciation, le geste et la mémoire.

CHAPITRE III.

Première partie.

DE L'INVENTION.

L'INVENTION fait découvrir à l'orateur les moyens les plus propres à persuader. Or, pour persuader les hommes, il faut convaincre, plaire, toucher. L'invention oratoire doit donc se porter vers trois objets, et trouver dans les choses les preuves qu'elles fournissent ; dans la personne de celui qui parle, ce qui peut le rendre aimable ; dans la personne de ceux qui écoutent ce qui est capable de les émouvoir. C'est ce qu'on appelle *argumens*, *mœurs*, *passions*. Chacun de ces objets sera traité séparément.

DES ARGUMENS.

L'*argument*, d'un mot latin qui signifie *moyen terme*, est une pensée d'une vérité supposée incontestable, dont on se sert pour en établir une autre, avec laquelle cette première a une liaison reconnue. Ainsi je prouve, par exemple, que la paresse est odieuse, parce que tout vice est odieux. (*Voyez* Élémens de logique, *argumentation*.)

Cette partie de l'art oratoire est la plus nécessaire et la plus indispensable, et toutes les autres s'y rapportent. Les idées, les expressions, les pensées, les figures et toutes les autres sortes d'ornemens, viennent au secours des preuves, et ne sont employées que pour les faire valoir. Elles sont au discours, dit Quintilien, ce que sont au corps la peau et la chair, qui en font la beauté et l'agrément, mais non la force et la solidité; qui couvrent et embellissent les os et les nerfs, qui les supposent, mais ne peuvent en tenir lieu. Il est important sans doute de s'étudier à plaire, et encore plus à toucher; toutefois l'on fera l'un et l'autre avec bien plus de succès, lorsque l'on aura instruit et convaincu les auditeurs, but auquel on ne peut parvenir que par la force du raisonnement et des preuves.

Les principales sortes d'argumens sont, le syllogisme, l'enthymême, l'épichérême, le sorite, le dilemme, l'exemple, l'induction, l'argument personnel.

Le *syllogisme* est un argument composé de trois propositions tellement liées entre elles, que la troisième est nécessairement déduite des deux autres. Ex. :

Tout *vice* est odieux;

or, le mensonge est un *vice*,
donc le *mensonge* est *odieux*.

Il y a trois termes dans un syllogisme, le grand, le petit et le moyen.

Le *grand terme* est l'attribut de la conclusion. Dans l'exemple cité, *odieux* est le grand terme.

Le *petit terme* est le sujet de la conclusion : *mensonge* est le petit terme.

Le *moyen terme* est celui que l'on emploie pour découvrir la convenance ou la disconvenance des deux extrêmes : *vice* est le moyen terme.

On appelle *proposition majeure* dans un syllogisme, celle qui contient le grand et le moyen terme ; *proposition mineure*, celle qui renferme le petit et le moyen terme, et *conclusion*, la partie du syllogisme qui contient le grand et le petit terme.

Les *propositions majeure* et *mineure* s'appellent également *prémisses*, parce qu'elles sont mises avant la conclusion, qui en doit être une suite nécessaire, si le syllogisme est en forme.

L'*enthymême* est un syllogisme tronqué ou incomplet, c'est-à-dire, où l'une des propositions est sous-entendue. Ex. :

Je pense, donc j'existe.

DESCARTES.

On sous-entend la proposition *celui qui pense existe.*

La première proposition de l'enthymême s'appelle antécédent, et la seconde conséquent.

L'*épichérême* est un argument dans lequel chaque preuve est à côté de sa proposition. Ex. : *Il faut aimer ce qui nous rend plus parfaits.* C'est une vérité qui est gravée dans le cœur de tous les hommes, dont le bon sens et l'amour-propre nous fournissent des preuves que nous ne saurions désavouer. *Or l'instruction nous rend plus parfaits ;* qui pourrait en douter ? Elle éclaire l'esprit, l'enrichit, et procure à l'homme de nobles jouissances; *donc il faut aimer l'instruction.*

Le *sorite*, appelé aussi *gradation*, est une argumentation qui s'avance comme par degrés. Il se forme de propositions tellement enchaînées, que l'attribut de la première devient le sujet de la seconde, l'attribut de la seconde, le sujet de la troisième, et ainsi de suite, jusqu'à ce que le sujet de la première proposition soit joint avec l'attribut de la dernière. Ex. :

Le vrai sage est courageux et magnanime;
L'homme courageux et magnanime a l'âme élevée;
Celui qui a l'âme élevée résiste au malheur;
Donc le vrai sage résiste au malheur.

La justesse du sorite dépend de la liaison et de la vérité de chacune des propositions qui le composent.

Le *dilemme* est un argument qui

contient deux propositions différentes ou contraires, dont on laisse le choix à l'adversaire pour le convaincre, soit qu'il adopte l'une ou l'autre. Pour cette raison, on l'appelle *argument cornu*. Ex. :

Ou les rois prennent la royauté pour se contenter eux-mêmes, et, dans ce cas, ils ne sont que de coupables tyrans;

Ou ils prennent la royauté pour en remplir les devoirs, et alors ils ne sont que de malheureux esclaves;

Donc la condition des rois n'est que tyrannie et servitude.

FÉNELON.

L'*exemple* est un argument par lequel on montre qu'une chose arrivera ou se fera d'une telle manière, en apportant pour preuve un ou plusieurs événemens semblables, arrivés dans une occasion semblable.

« Si je voulais montrer, dit *Aristote*, que Denis de Syracuse ne demande des gardes que pour devenir le tyran de sa patrie, je dirais que Pisistrate demanda des gardes, et que, dès qu'on lui en eut accordé, il s'empara du gouvernement d'Athènes; j'ajouterais que Théagène fit la même chose à Mégare; j'alléguerais ensuite les autres exemples de ceux qui sont parvenus à la tyrannie par cette voie, et j'en conclurais que quiconque demande des gardes, en veut à la liberté de sa patrie. »

L'*induction* est un argument par lequel on rassemble des propositions singulières pour déduire de leur union une conclusion générale. Bossuet se sert de cette induction pour prouver qu'un chrétien meurt *tous les jours*. « Un chrétien n'est jamais vivant sur « la terre, parce qu'il y est toujours « mortifié; et que la mortification est « un essai, un apprentissage, un com« mencement de la mort. Vivons-nous, « chrétiens? vivons-nous? Cet âge que « nous comptons, et où tout ce que

« nous comptons n'est plus à nous,
« est-ce une vie? et pouvons - nous
« n'apercevoir pas ce que nous perdons
« sans cesse avec les années? Le repos
« et la nourriture ne sont-ils pas de
« faibles remèdes de la continuelle ma-
« ladie qui nous travaille, et celle que
« nous appelons la dernière, qu'est-ce
« autre chose à le bien entendre, qu'un
« redoublement et comme le dernier
« accès du mal que nous apportons en
« naissant. »

L'*argument personnel* a lieu lorsqu'on se sert des propres armes de l'adversaire, pour le vaincre, et où l'on emploie ses propres paroles pour le confondre, en faisant voir clairement qu'il se contredit, ou qu'il est lui-même coupable de ce dont il nous accuse. Rien n'est plus propre que ce raisonnement à faire perdre à l'adversaire toute confiance, et à le convaincre de mauvaise foi ou de légèreté.

L'analyse rapide des argumens que nous venons de parcourir, et qui peuvent tous se rapporter au syllogisme, indique assez que l'étude de la logique est le fondement de l'éloquence. Elles raisonnent l'une et l'autre, elles définissent, elles divisent, elles prouvent. La dialectique est plus serrée et marche par un sentier étroit, tandis que l'éloquence, parcourant une plus vaste carrière, ajoute au raisonnement le secours du sentiment, et veut non-seulement instruire, mais plaire et émouvoir. Au fond, elles ne sont presque qu'un seul et même art qui a pour objet la persuasion : Et rien n'est plus juste que l'idée de Zénon, qui comparait la dialectique au poing fermé, et l'éloquence à la main étendue; c'est toujours la main; il n'y a de différence que dans la figure qu'elle prend.

CHAPITRE IV.

DES LIEUX ORATOIRES.

Les *lieux communs oratoires* sont des espèces d'arsenaux, d'où l'orateur tire ses armes pour les différentes matières qu'il doit traiter. On divise les lieux communs en deux classes, les lieux intrinsèques et les lieux extrinsèques.

DES LIEUX COMMUNS INTRINSÈQUES.

Ces lieux oratoires sont ainsi appelés, parce qu'ils sont pris dans le sujet même, et qu'ils dépendent de l'orateur : les principaux sont, la définition, l'énumération des parties, le genre et l'espèce, la comparaison, la similitude, la dissimilitude, les contraires, les choses qui répugnent entre elles, les circonstances, les antécédens, les conséquens, la cause et l'effet.

La *définition* fournit à l'orateur, en développant d'une manière courte, juste, mais non dépourvue d'ornemens, la nature de la chose dont il parle, une ou plusieurs raisons pour prouver ce qu'il en dit. L'art consiste à ne point omettre des traits essentiels, à ne point placer des circonstances inutiles. Nous avons un modèle de définition oratoire, dans celle du véritable orateur, par Fénelon. « L'homme « digne d'être écouté, dit cet écrivain « célèbre, est celui qui ne se sert de la « parole que pour la pensée, et de la « pensée que pour la vérité et la ver- « tu. »

L'*énumération des parties* consiste à parcourir les différentes parties d'un tout, les principales circonstances d'un fait.

Ce lieu oratoire est brillant par lui-même; mais il est dangereux d'en faire un usage trop fréquent, parce que les pensées perdent en force ce qu'elles gagnent en développement.

Nous avons un bel exemple d'énumération dans l'oraison funèbre de la reine d'Angleterre, par Bossuet. « Vous « verrez, dit-il, dans une seule vie, « toutes les extrémités des choses hu-« maines; la félicité sans borne aussi « bien que la misère, une longue et « pénible jouissance d'une des plus « belles couronnes de l'univers; tout « ce que peuvent donner de plus glo-« rieux, la naissance et la grandeur, « accumulées sur une tête qui, en-« suite, est exposée à tous les outrages « de la fortune; la bonne csuse, d'a-« bord suivie de bons succès, et depuis, « des retours soudains et des change-« mens inouis: la rebellion long-temps « retenue, à la fin tout-à-fait maî-« tresse. Nul frein à la licence, les lois « abolies, la majesté violée par des « attentats jusqu'alors inconnus, l'u-« surpation et la tyrannie, sous le nom

« de liberté; une reine fugitive qui ne « trouve aucune retraite en trois royaumes, et à qui sa propre patrie n'est « plus qu'un triste lieu d'exil; neuf « voyages sur mer, entrepris par une « princesse, malgré les tempêtes; l'o- « céan étonné de se voir traversé tant « de fois dans des appareils si divers et « pour des causes si différentes; un « trône indignement renversé et mira- « culeusement rétabli. Voilà les ensei- « gnemens que Dieu donne aux rois; « ainsi fait-il voir au monde le néant « de ses pompes et de ses grandeurs. »

Le *genre et l'espèce* sont des idées corrélatives: elles se prêtent du jour mutuellement, et l'une ne peut même être entendue sans l'autre. Le genre contient en soi plusieurs espèces. La fleur est genre, par rapport à la rose, à l'œillet, au jasmin. L'espèce est donc renfermée dans le genre. La tulipe est une des espèces de fleurs. (*Voyez* pour les détails, *les Élémens de Logique*.)

La *comparaison* établit des rapprochemens et nous force à conclure d'égal à égal, du plus au moins, du moins au plus.

EXEMPLE : *d'égal à égal.*

Je songeais cette nuit que, de mal consumé,
Côte-à-côte d'un gueux on m'avait inhumé,
Et que, n'en pouvant point souffrir le voisinage,
En mort de qualité, je lui tins ce langage :
Retire-toi, coquin, va pourrir loin d'ici,
Il ne t'appartient pas de m'approcher ainsi.
Coquin, ce me dit-il, d'une arrogance extrême;
Va chercher tes coquins ailleurs, coquin toi-même,
Ici tous sont égaux, je ne te dois plus rien,
Je suis sur mon fumier, comme toi sur le tien.

(*Songe de Patris.*)

EXEMPLE : *du plus au moins.*

S'il a combattu seul contre quatre, et les a vaincus, combien sera-t-il plus fort d'homme à homme?

S'il a bien fait un devoir de rhétorique, à plus forte raison en fera-t-il bien un d'une classe moins élevée.

Exemple : *du moins au plus.*

DISCOURS DE SIDRAC AUX CHANTRES EFFRAYÉS.

Lâches, où fuyez-vous? Quelle peur vous abat?
Aux cris d'un vil oiseau vous cédez sans combat!
Craignez-vous d'un hibou l'impuissante grimace?
Que feriez-vous hélas? si quelqu'exploit nouveau
Chaque jour comme moi vous traînait au barreau?
S'il fallait sans amis, briguant une audience,
D'un magistrat glacé soutenir la présence,
Ou d'un nouveau procès hardi solliciteur,
Aborder sans argent un clerc de rapporteur.

(*Lutrin.*)

La *similitude* est un rapport de convenance entre deux objets : il amène naturellement la comparaison ou le parallèle. Nous en avons un exemple dans ces vers adressés à une dame, qui, après avoir donné le jour à trois filles, désirait un garçon :

Console-toi, mère charmante,
D'avoir, malgré ta vive attente,
A trois filles donné le jour.
Ce ne sont pas là des disgrâces;
Avant que d'enfanter l'Amour,
Vénus enfanta les trois Grâces.

La *dissimilitude* ou *différence*, consiste dans une certaine contrariété entre deux objets que l'on compare par ce qu'ils ont de différent, ou bien entre les différens états du même objet. Ex. :

Quel droit vous a rendus juges de votre maître,
Infidèles pasteurs, indignes citoyens ?
Que vous ressemblez mal à ces premiers chrétiens,
Qui, bravant tous ces dieux de métal et de plâtre,
Marchaient sans murmurer sous un maître idolâtre,
Expiraient sans se plaindre, et sur les échafauds,
Sanglans, percés de coups, bénissaient leurs bourreaux!
Eux seuls étaient chrétiens, je n'en connais point d'autres :
Ils mouraient pour leurs rois, vous massacrez les vôtres.

(*Henriade*, liv. VI.)

Les *contraires* sont des objets opposés entre eux comme le vice et la vertu. On en tire un argument en disant : *Si la sagesse est estimable, la folie est méprisable.*

Les *choses qui répugnent entre elles*, sont des objets qui s'excluent mutuellement du même sujet, de la même personne : elles servent à prouver l'impossibilité d'un fait. Vous accusez Pierre d'avoir tué Paul; mais il était son ami, il n'avait nul intérêt à sa mort, il était loin de lui; il répugne qu'il soit l'auteur de ce meurtre.

Les *circonstances* sont ce qui accompagne un fait : elles sont d'une grande importance pour faire valoir ou détruire l'accusation. On les tire de la personne, de la chose, du lieu, de la manière, de la cause, du temps et des moyens. Un meurtre, par exemple, peut être prouvé par le caractère de l'accusé, homme féroce et violent; par la considération de l'action en elle-même, conforme à son caractère; par les facilités qu'il a eues pour l'exécution; par les motifs qui l'y ont porté; par les circonstances du temps et du lieu qui lui ont été favorables; enfin, par les avantageuses conséquences qui en ont été le résultat ou qu'il en espérait. Pour détruire l'accusation, on peut employer les mêmes moyens pris dans un sens directement contraire.

Les *antécédens* et les *conséquens*, sont des preuves tirées de ce qui a précédé ou suivi le fait en question et qui aident à le reconnaître.

La *cause* et l'*effet*, deux idées très-différentes, si on les considère en elles-mêmes, se réunissent par rapport à l'usage qu'on en fait en éloquence. On s'en sert avec avantage pour louer ou blâmer une action, pour conseiller une entreprise ou en détourner. Quoi de plus grand, de plus généreux que l'action des trois cents Spartiates, si l'on en regarde la cause? C'est un entier dévouement au salut de la patrie, qui les mène à la mort. L'effet qui en résulte n'en est pas moins beau : c'est la gloire et la conservation de la patrie.

DES LIEUX ORATOIRES EXTRINSÈQUES.

Les *lieux oratoires extrinsèques*, comme nous l'avons dit, ne naissent point du fond intime de la cause; ils viennent de quelque objet extérieur, et ne se rapportent pas immédiatement à la chose dont il s'agit. Quoiqu'on puisse les trouver et les imaginer facilement, ils exigent un grand talent pour être traités d'une manière convenable.

Les principaux lieux extrinsèques sont : la renommée, le serment, les témoins, les autorités, la question.

La *renommée* est, selon les intérêts différens, le cri de la vérité ou du mensonge ; c'est un vain bruit, ou un oracle de Dieu même.

Si la renommée nous est favorable, nous devons insister sur l'autorité de la voix commune, du consentement unanime ; nous devons faire voir qu'il est difficile que le grand nombre se trompe, et qu'ainsi on ne court aucun risque à suivre son exemple. Au contraire, si ce bruit public nous est défavorable, il est de notre intérêt d'en affaiblir l'autorité, de montrer qu'il s'est répandu trop facilement parmi le peuple, porté naturellement à croire le bien plutôt que le mal, et à envenimer les choses les plus innocentes.

Le *serment* est un acte libre par lequel un homme affirme ou nie une chose en prenant Dieu à témoin.

Si nous voulons tirer un argument de ce lieu oratoire, nous devons nous attacher à prouver que celui qui a fait le serment est un homme vertueux, digne de la plus grande confiance, et incapable d'agir sous l'influence des passions.

Si au contraire, nous voulons réfuter les preuves qu'on prétend déduire du serment, nous devons faire voir que celui qui l'a prononcé ne mérite aucune créance, que plusieurs fois il s'est rendu parjure, et qu'il a pu aisément se laisser guider par l'intérêt, la crainte, etc.

Par *témoignage* on entend le rapport verbal ou par écrit des hommes. On examinera si les témoins ont des relations d'intérêt ou d'amitié avec l'accusateur, ou bien s'il règne de l'inimitié entre eux et l'accusé; si ce n'est point la faveur, l'ambition, l'avarice, ou la haine qui les font parler. Au reste, on suivra les règles que nous venons de donner pour le serment.

Les *autorités* dont on peut s'appuyer sont : la *loi*, les *titres*, un *usage reçu*, les *sentimens* et les *discours des personnes d'un caractère à l'abri de tout reproche*.

La *loi* et les *titres* regardent aujourd'hui la jurisprudence plutôt que l'art oratoire.

L'*aveu*, tiré de la *question*, est l'*aveu* de la douleur plutôt que celui de la conscience.

Quoiqu'on puisse rapporter aux lieux oratoires tous les argumens dont on fait usage, nous ne croyons pas qu'on puisse les trouver par cette méthode. Assurément, les plus grands orateurs anciens et modernes n'ont pas été implorer le secours de chaque lieu pour construire leurs preuves. Leur âme et leur génie ont été les seules sources où ils ont puisé. Nous n'avons parlé des lieux communs, que pour ne pas laisser ignorer ce que l'on en dit. « Les disciples de l'éloquence, dit *Marmontel*, ne doivent pas dédaigner les théories. » La méthode la plus sûre, la plus directe, et la plus indispensablement nécessaire pour trouver les matériaux du discours que l'on prépare, est d'approfondir son sujet, de le méditer, d'en étudier toutes les parties et de le considérer sous toutes ses faces. Aussi engage-t-on les jeunes gens à réfléchir de bonne heure, à prendre l'habitude de travailler de génie, et à étudier avec scrupule les bons auteurs, tant anciens que modernes. Or, étudier un auteur, dit *Grandperret*, c'est acquérir une connaissance approfondie de ses desseins et de la manière de les exécuter; c'est analyser avec exactitude le plan de ses ouvrages, l'ordre et la force de ses preuves.

CHAPITRE V.

DES MOEURS.

Les *mœurs* sont au discours ce que le sang est au corps; c'est d'elles qu'il tire son coloris et sa vie.

On peut considérer les mœurs sous deux rapports, dans l'*orateur* et dans *ceux qu'il entreprend de persuader*.

Du côté de l'orateur elles consistent dans son talent et son aptitude à se concilier les esprits, en se peignant sous des traits aimables et qui donnent de lui une bonne opinion.

Pour persuader les hommes, l'orateur doit exprimer dans son discours des qualités estimables, telles que la *probité*, la *modestie*, le *zèle* et la *prudence*. Il n'annonce pas qu'il possède ces vertus ; mais elles se peignent d'elles-mêmes dans toutes ses paroles : Aussi les anciens ont-ils défini l'orateur, l'*homme de bien qui sait parler*. Cette définition serait fausse si la probité dans l'orateur pouvait être remplacée par le charlatanisme de ces hommes pervers dans la bouche desquels le langage de la vertu est un nouvel outrage qu'ils lui font.

Dans le genre délibératif, on sent combien il est important pour celui qui donne un conseil, de se montrer digne de la confiance de celui qui l'écoute.

Dans le genre judiciaire, l'expression des mœurs douces et aimables est aussi d'une grande utilité pour l'avocat, et Cicéron en fait un précepte qu'il regarde comme très-important, et qu'il a soin de développer. « C'est, dit-il, un puissant secours pour gagner sa cause, que de commencer par faire estimer et aimer sa personne, ses mœurs, sa conduite, et pareillement le caractère et les procédés de celu pour qui l'on parle, et de donner, au contraire, une idée défavorable de se adversaires. La dignité de la personne sa bonne réputation, ses belles actions sont des motifs qui concilient la bienveillance, mais en supposant que la réalité réponde au discours. On peu embellir un fond vrai : on ne peut pas créer. Il est très-utile de montrer en soi-même et dans son client des marques de facilité, de bienséance, de douceur de piété envers tous les objets qui méritent ce sentiment de reconnaissance, d'un esprit qui n'est point avide, ni ouvert à d'insatiables désirs. Tout ce qui annonce la probité, la modestie, l'éloignement de l'orgueil, de l'opiniâtreté, de l'esprit de chicane, de l'emportement et de la violence, est propre à gagner les cœurs, et indispose contre ceux en qui ces qualités ne se trouvent pas. Ainsi, c'est sous des traits opposés qu'il faut peindre ses adversaires. Représenter les mœurs de celui pour qui vous plaidez, comme réglées par la justice, irréprochables, religieuses, timides même, et disposées à supporter les injures, c'est une ressource admirable pour persuader; et cette idée, bien imprimée dans l'esprit des juges, a quelquefois plus de force que le fond même de la cause.

Dans le genre démonstratif, celui qui parle a également un grand intérêt à donner une idée avantageuse de ses mœurs. La confiance qu'on a en sa sincérité, donne seule du prix à ses éloges, et celui qui blâme, augmente le poids de sa censure, par le respect qu'inspirent pour sa personne l'amour de la justice et une stricte impartialité.

En général, dans tous les genres de compositions littéraires, l'écrivain doit toujours tremper ses pinceaux dans les couleurs de la vertu.

Que votre âme et vos mœurs peintes dans vos ouvrages,
N'offrent jamais de vous que de nobles images.

Je ne puis estimer ces dangereux auteurs,
Qui de l'honneur en vers infâmes déserteurs,
Trahissant la vertu sur un papier coupable
Aux yeux de leurs lecteurs rendent le vice aimable.
Un auteur vertueux, dans ses vers innocens,
Ne corrompt point les mœurs en chatouillant les sens :
Son feu n'allume point de criminelle flamme.
Aimez donc la vertu ; nourrissez-en votre âme :
En vain l'esprit est plein d'une noble vigueur,
Le vers se sent toujours des bassesses du cœur.

Boileau (*Art poétique*).

L'orateur doit également s'attacher à connaître le caractère de ceux devant qui il parle, afin de proportionner son style à leur intelligence et à leurs inclinations que la nature a si prodigieusement variées, et qui se diversifient à raison des âges, des lieux, des situations et des fortunes. C'est ici surtout qu'il est important de bien connaître et d'observer ces bienséances oratoires tant recommandées par les anciens, et que l'on a définies : La *convenance du discours avec tout ce qui peut avoir rapport à la persuasion*, parce qu'en effet, elles s'étendent à tout, aux lieux comme aux temps, à l'orateur comme à tous les sujets qu'il peut traiter, aux passions comme aux mœurs de ceux qu'il entreprend de persuader; bienséances qu'il est plus difficile encore de bien expliquer que d'observer et de faire sentir, parce que, comme l'a dit un rhéteur, semblables à ce léger duvet qui couvre les fruits quand ils sont mûrs, ce qui en fait la beauté, mais qui disparaît sous la main qui les touche, elles semblent échapper à notre esprit, aussitôt qu'il entreprend de les analyser, et d'en développer la nature. Nous citerons, comme un exemple de l'expression des mœurs, les paroles par lesquelles Pauline, alarmée pour les jours de son époux Polyeucte qui s'est fait chrétien, s'efforce de lui persuader d'abjurer le culte qu'il vient d'embrasser :

Daignez considérer le rang d'où vous sortez,
Vos grandes actions, vos rares qualités:
Chéri de tout le peuple, estimé chez le prince,

Gendre du gouverneur de toute la province.
Je ne compte pour rien le nom de mon époux,
C'est un bonheur pour moi qui n'est pas grand pour
vous;
Mais après vos exploits, après votre naissance,
Après votre pouvoir, voyez notre espérance;
Et n'abandonnez pas à la main d'un bourreau,
Ce qu'à nos justes vœux promet un sort si beau.
Vous n'avez pas la vie ainsi qu'un héritage;
Le jour qui vous la donne, en même temps l'engage;
Vous la devez au prince, au public, à l'État.

Les discours prononcés à la tribune française, par les *Lainé*, *Royer-Colard*, *Benjamin Constant*, *Étienne*, etc., offrent de très-beaux modèles de l'expression des mœurs oratoires.

CHAPITRE VI.

DES PASSIONS.

Les *passions* sont ces mouvemens vifs et irrésistibles qui nous entraînent vers un objet, ou nous en détournent. C'est par les passions que l'éloquence triomphe, qu'elle règne sur les cœurs. Quiconque sait exciter les passions à propos, maîtrise à son gré les esprits, il les fait passer de la tristesse à la joie, de la pitié à la colère. Aussi véhément que l'orage, aussi pénétrant que la foudre, aussi rapide que les torrens, il emporte, il renverse tout, par les flots de sa vive éloquence. C'est par là que Démosthènes a régné dans l'aréopage, Cicéron à la tribune, et Massillon dans nos temples.

Les passions, si dangereuses quand

elles n'ont pas la raison pour guide, mais plus puissantes que cette même raison quand elle les dirige et qu'elles la servent, sont pour l'éloquence le dernier et le plus infaillible moyen de persuasion. Elles ne sont toutes que des nuances de l'amour et de la haine qui comprennent les deux grands rapports de notre âme avec le bien et le mal. Si le mal est présent, c'est *tristesse* ou *douleur;* s'il est absent, et qu'il reste quelque espoir de l'arrêter, c'est *crainte;* ne peut-on s'en garantir, c'est *désespoir;* pèse-t-il sur les autres, en nous menaçant nous-mêmes, c'est *compassion.*

Si le bien est présent, il cause la *joie;* s'il est absent, et nous donne l'espoir de l'obtenir, c'est l'*espérance;* se fait-il goûter aux autres, à notre préjudice, il produit l'*envie;* veut-on nous l'arracher quand nous le possédons, la *colère* vient s'emparer de notre âme.

On excite l'amour, en peignant l'objet avec des qualités agréables et utiles à ceux à qui on s'adresse. La haine est produite par des moyens opposés. Les ressorts qui mettent en jeu l'amour et la haine servent de même à faire naître les passions qui en dépendent.

Pour exciter les passions, il faut les éprouver nous-mêmes, soit par un sentiment réel et profond, soit par une imagination vive, qui supplée au sentiment. Nous ne réussirons à être touchés qu'autant que nous nous pénétrerons bien du sujet que nous entreprendrons de traiter, que nous nous serons convaincus de sa vérité, que nous aurons une haute idée de son importance, que nous nous représenterons fortement les choses dont nous voulons nous servir pour émouvoir, et que nous en ferons des peintures vives et touchantes. Elles le seront si nous nous appliquons à étudier la nature et à la prendre pour guide. Elle seule saura donner à nos mouvemens, ainsi qu'à notre style, la chaleur, les nuances et les tons les mieux assortis au sujet, ainsi qu'aux opinions, aux mœurs et à toutes les dispositions habituelles et présentes de ceux que nous voulons persuader.

L'orateur doit, avant tout, examiner si le pathétique convient à la matière; car autrement « ce serait, dit Quintilien, chausser le cothurne à un enfant, et lui mettre en main la massue d'Hercule. » Le vice va jusqu'au ridicule, et un avocat qui s'y laisserait aller, serait un vrai personnage de comédie.

Une autre règle à laquelle on doit s'astreindre, c'est de ne pas se jeter brusquement et sans préparation dans les mouvemens passionnés, lors même que la nature du sujet se prêterait au pathétique. Le juge veut d'abord être mis au fait, et savoir ce dont il s'agit. Les mouvemens de l'âme supposent quelque connaissance dans l'esprit, et ils ne peuvent venir qu'à la suite.

Il ne faut pas insister trop longtemps sur les passions oratoires. Cette règle est puisée dans la nature elle-même. Rien ne tarit si aisément que les larmes. Celui qui ne saurait pas garder une juste mesure en employant le ressort du pathétique fatiguerait au lieu de toucher.

C'est principalement dans la péroraison que les passions ont une libre carrière. L'orateur, après avoir expliqué la cause, traité toutes les preuves, préparé tous les esprits, n'a plus besoin que de toucher. Comme il n'a plus rien à dire aux juges avant qu'ils prononcent, et que la disposition où il va les laisser est celle dans laquelle ils donneront leurs suffrages, il doit faire ses derniers efforts pour se les rendre favorables, et prodiguer les mouvemens oratoires, si la cause en est susceptible. On ne doit cependant pas négliger le pathétique dans la narration et la confirmation. Si le sujet avait été traité sans aucun mouvement dans tout le corps du discours, il serait trop tard d'entreprendre, en finissant, d'y intéresser votre auditoire. Accoutumé à le considérer froidement jusqu'alors, il ne s'enflammerait pas à votre gré quand le même objet reparaîtrait sous ses yeux.

N'oublions pas de faire observer que la sévérité de notre barreau ne nous permet pas de faire un aussi grand usage du pathétique que les orateurs de Rome. Il suffisait d'émouvoir les juges qui souvent étaient pris au hazard, ou de se les rendre favorables, même par les moyens les plus hardis. Dans nos tribunaux, il faut convaincre, il faut donner des raisons solides à des magistrats dont le pouvoir est bien moins étendu qu'à Rome, puisque leurs fonctions se bornent à appliquer la loi.

L'éloquence délibérative donne plus de liberté dans l'usage des passions, et la tribune française a révélé au monde de nombreux orateurs également admirables par la force du raisonnement et par le talent d'émouvoir. Mirabeau, Vergniaud, Cazalès, Foy, voilà des noms dont la France s'enorgueillit et qu'elle peut opposer aux plus grands orateurs de l'antiquité !

Nous terminerons cette première partie par l'*Appel au camp*, de Vergniaud. On croirait entendre Démosthènes.

« Il est impossible de se défendre d'un sentiment profond d'inquiétude quand on a été au camp sous Paris. Les travaux avancent très-lentement ; il y a beaucoup d'ouvriers, mais peu travaillent ; un grand nombre se reposent : ce qui afflige surtout, c'est de voir que les bêches ne sont maniées que par des mains salariées, et point par des mains que dirige l'intérêt commun. D'où vient cette espèce de torpeur, dans laquelle paraissent ensevelis les citoyens restés à Paris ? Ne nous le dissimulons plus ; il est temps enfin de dire la vérité ; les proscriptions passées, le bruit des proscriptions futures, les troubles intérieurs, ces haines particulières, ces délations infâmes, ces arrestations arbitraires, ces violations de la propriété, enfin cet oubli de toutes les lois a répandu la consternation et l'effroi. L'homme de bien se cache, fuit avec horreur les scènes de sang ; et il faut bien qu'il se cache, l'homme vertueux, quand le crime triomphe! Il n'en a pas l'horrible sentiment, il se tait, il s'éloigne; il attend pour reparaître des temps plus heureux. Il est des hommes, au contraire, à la fois hypocrites et féroces, qui ne se montrent que dans les calamités publiques, comme il est des insectes malfaisans que la terre ne produit que dans les orages : ces hommes répandent sans cesse les soupçons, les méfiances, les jalousies, les haines, les vengeances ; ils sont avides de sang: dans leurs propos séditieux, ils aristocratisent la vertu même pour acquérir le droit de la fouler aux pieds ; ils démocratisent le crime pour pouvoir s'en rassasier sans avoir à redouter le glaive de la justice. Tous leurs efforts tendent à déshonorer aujourd'hui la plus belle des causes, afin de soulever contre elle les nations amies de l'humanité !

« O citoyens de Paris ! je vous le demande avec la plus profonde émotion, ne démasquerez-vous jamais ces hommes pervers, qui n'ont pour obtenir votre confiance, d'autres droits que la bassesse de leurs moyens et l'audace de leurs prétentions ? Citoyens, vous les reconnaîtrez facilement : lorsque l'ennemi s'avance, et qu'un homme, avant de vous inviter à prendre l'épée pour le repousser, vous engage à égorger froidement des femmes ou des citoyens désarmés, celui-là est un ennemi de votre gloire, de votre bonheur : il vous trompe pour vous perdre. Lorsqu'au contraire, un homme ne vous parle de Prussiens que pour vous indiquer le cœur où vous devez frapper ; lorsqu'il ne vous propose la victoire que par des moyens dignes de votre courage, celui-là est ami de votre gloire, ami de votre bonheur ; il veut vous sauver. Citoyens, repoussez donc les traîtres ; abjurez donc vos dissensions intestines.... Allez tous au camp, c'est là qu'est votre salut !

« J'entends dire chaque jour : Nous pouvons essuyer une défaite. Que feront alors les Prussiens ? Viendront-ils à Paris ?.... Non, il n'y viendront pas ; non, si Paris est dans un état de défense respectable, si vous préparez des postes, d'où vous puissiez opposer une forte résistance ; car alors l'ennemi craindrait d'être poursuivi et enveloppé par les débris mêmes des armées qu'il aurait vaincues, et d'en être écrasé, comme Samson sous les ruines du Temple qu'il renversa : mais si une terreur panique ou une fausse sécurité engourdit notre courage et nos bras, si nous tournons nos bras contre nous-mêmes, si nous livrons, sans défense, les postes d'où l'on pourra bombarder la cité, il serait bien insensé, l'ennemi, de ne pas s'avancer vers une ville qui, par son inaction, aura paru l'apehcr elle-même, qui n'aura pas su emparer des positions où elle aurait u le vaincre! Il serait bien insensé e ne pas nous surprendre dans nos iscordes, de ne pas triompher sur os ruines! Au camp donc, citoyens, u camp! Hé quoi! tandis que vos rères, que vos concitoyens, par un évouement héroïque, abandonnent e que la nature doit leur faire chéir le plus, leurs femmes, leurs enans, demeurerez-vous plongés dans ne molle et déshonorante oisiveté? N'avez-vous pas d'autre manière de rouver votre zèle, qu'en demandant ans cesse, comme les Athéniens: *Qu'y a-t-il aujourd'hui de nouveau?* Ah! détestons cette avilissante molesse! Au camp, citoyens, au camp! 'andis que nos frères, pour notre déense, arrosent peut-être de leur sang es plaines de la Champagne, ne craignons pas d'arroser de quelques sueurs es plaines de Saint-Denis, pour proéger leur retraite. Au camp, citoyens, au camp! Oublions tout, excepté la patrie! Au camp, citoyens, au camp!

CHAPITRE VII.

COMPARAISON DES PASSIONS ET DES MOEURS.

On doit bien se garder de confondre les mœurs et les passions. Les mœurs sont une image du naturel et de la vie de l'homme; les passions jettent le trouble dans le cœur et le remuent. Les premières n'ont qu'un caractère qui est la douceur et la modestie; les secondes font la véhémence du discours; elles arrachent le consentement de l'auditeur sans qu'il puisse se défendre. Les passions ne conviennent pas à toutes les matières ni à toutes les formes des discours; des discussions de

aisonnement, même dans les matières
es plus importantes, n'en sont pas
usceptibles. Les mœurs doivent ré-
ner partout, parce que dans tous les
ujets, comme dans chaque partie du
iscours, l'orateur, s'il veut persuader,
oit se montrer digne de l'estime de
eux qui l'entendent.

Quelle que soit la différence de ces
eux natures de sentimens, Cicéron a
rès-bien remarqué qu'ils se prêtent un
nutuel secours, et l'orateur doit, au-
ant que possible, les joindre ensem-
le. « Il faut, dit-il, que la douceur,
ar laquelle nous concilions les esprits,
empère la véhémence que nous em-
loyons pour les remuer; et, récipro-
uement, que la véhémence communi-
ue une parcelle de son feu à la douceur
ui pourrait devenir fade. Jamais le
iscours n'est mieux et plus utilement
ssaisonné, que quand son activité et
a force sont adoucies par le caractère
e bonté et de modération dans l'ora-
eur, et que de l'autre part la modeste

et aimable bonté est animée, et acquiert de la vigueur par le mélange des sentimens fermes et élevés. » Nous avons un bel exemple de l'alliance des passions et des mœurs dans le discours de Burrhus à Néron pour le détourner de l'assassinat de son frère :

C'est à vous à choisir : vous êtes encore maître ;
Vertueux jusqu'ici, vous pouvez toujours l'être.
Le chemin est tracé, rien ne vous retient plus ;
Vous n'avez qu'à marcher de vertus en vertus.
Mais si de vos flatteurs vous suivez la maxime,
Il vous faudra, seigneur, courir de crime en crime,
Soutenir vos rigueurs par d'autres cruautés,
Et laver dans le sang vos bras ensanglantés.
Britannicus mourant excitera le zèle
De ses amis tout prêts à prendre sa querelle.
Ces vengeurs trouveront de nouveaux défenseurs,
Qui, même après leur mort, auront des successeurs.
Vous allumez un feu qui ne pourra s'éteindre :
Craint de tout l'univers, il vous faudra tout craindre ;
Toujours punir, toujours trembler dans vos projets,
Et pour vos ennemis compter tous vos sujets.
Ah ! de vos premiers ans l'heureuse expérience
Vous fait-elle, seigneur, haïr votre innocence ?
Songez-vous au bonheur qui les a signalés ?
Dans quel repos, ô ciel ! les avez-vous coulés ?

Quel plaisir de penser et de dire en vous-même :
« Partout, en ce moment, on me bénit, on m'aime!
On ne voit point le peuple à mon nom s'alarmer ;
Le ciel, dans tous leurs pleurs, ne m'entend pas nommer ;
Leur sombre inimitié ne fuit point mon visage ;
Je vois voler partout les cœurs à mon passage. »
Tels étaient vos plaisirs. Quel changement! ô dieux!
Le sang le plus abject vous était précieux.
Un jour, il m'en souvient, le sénat équitable
Vous pressait de souscrire à la mort d'un coupable ;
Vous résistiez, seigneur, à leur sévérité ;
Votre cœur s'accusait de trop de cruauté ;
Et plaignant les malheurs attachés à l'empire,
Je voudrais, disiez-vous, *ne pas savoir écrire.*
Non, ou vous me croirez, ou bien de ce malheur
Ma mort épargnera la vue et la douleur.
On ne me verra point survivre à votre gloire,
Si vous osez commettre une action si noire.
Me voilà prêt, seigneur, avant que de partir,
Faites percer ce cœur qui n'y peut consentir ;
Appelez les cruels qui vous l'ont inspirée ;
Qu'ils viennent essayer leur main mal assurée.
Mais..... je vois que mes pleurs touchent mon empereur.

RACINE.

CHAPITRE VIII.

Deuxième partie.

LA DISPOSITION.

La *disposition* est cette partie de la rhétorique qui enseigne à ranger avec ordre et justesse les pensées et les preuves fournies par l'invention.

Il est facile de sentir de quelle utilité elle est pour l'orateur. C'est beaucoup sans doute pour lui d'avoir trouvé par le secours de l'invention les raisons et les preuves qui doivent entrer dans son sujet; mais il n'est pas moins essentiel de savoir les distribuer dans l'ordre le plus capable de faire impression sur l'esprit de ses auditeurs. Cicéron considère le discours comme un édifice bâti pour ainsi dire de paroles et de pensées; et de même que la distribution des matériaux donne à un bâtiment sa force et sa solidité, de même aussi c'est de la sage disposition de ses parties que le discours tire toute son éloquence et toute sa force. C'est faute de plan, dit Buffon, c'est pour n'avoir pas assez réfléchi sur son objet, qu'un homme d'esprit se trouve embarrassé, et ne sait par où commencer à écrire. Il aperçoit à la fois un grand nombre d'idées ; et comme il ne les a ni comparées ni subordonnées, rien ne le détermine à préférer les unes aux autres ; il demeure donc dans la perplexité : mais, lorsqu'il se sera fait un plan, lorsqu'une fois il aura rassemblé et mis en ordre toutes les pensées essentielles à son sujet, il sentira aisément le point de maturité de la production de l'esprit ; il sera pressé de la faire éclore ;

les idées se succèderont sans peine, et le style sera naturel et facile.

On compte six parties du discours oratoire, non qu'elles y entrent toutes, mais parce qu'elles peuvent y entrer; l'*exorde* ou le *début*, la *proposition* et la *division*, la *narration*, la *preuve* ou *confirmation*, la *réfutation* et la *péroraison*.

Cette distribution des parties du discours nous est enseignée par la nature elle-même. C'est elle qui nous apprend à ne point entrer brusquement en matière, à commencer par y préparer les esprits, à exposer ensuite l'affaire que nous allons traiter, puis à établir nos preuves et à renverser les raisons alléguées par nos adversaires, enfin à mettre au discours une conclusion qui le termine.

On distingue deux sortes de dispositions, la *régulière* et l'*irrégulière*; la première est celle dans laquelle on vient de ranger toutes les parties du discours; la seconde est celle où pour quelque raison particulière, on s'écarte de l'ordre naturel en mettant une partie à la place de l'autre. Ainsi on commence quelquefois par réfuter son adversaire quand on s'aperçoit qu'il a fait une forte impression sur l'esprit des auditeurs, et que les preuves seraient mal accueillies si la prévention n'était auparavant dissipée.

CHAPITRE IX.

DE L'EXORDE.

L'*exorde* est l'annonce du discours. Il a pour objet de capter la bienveillance des auditeurs, de fixer leur attention, et de les disposer à la persuasion.

On ne saurait traiter cette partie du discours avec trop de soin et d'attention. Il est d'autant plus important de bien débuter, que c'est l'instant où l'esprit des auditeurs, libre de tout autre soin, est le plus susceptible de recevoir les impressions qu'on veut lui faire éprouver.

L'exorde doit naître du sujet, comme une fleur de sa tige. L'écrivain ne s'en occupera donc qu'après avoir médité le plan et la substance de son discours. S'il suit une méthode contraire, il s'exposera à amplifier inutilement des idées vagues, communes et étrangères à la matière qu'il va traiter. Souvent, influencé par quelques lieux communs, au lieu d'adapter l'exorde au discours, il se verra contraint d'adapter le discours à l'exorde préparé d'avance.

On doit s'attacher particulièrement, dans l'exorde, à la pureté et à la correction du style. Le sujet du discours, les raisonnemens de l'orateur n'occupant point encore les auditeurs, ils sont alors plus enclins à critiquer, qu'en aucun autre moment. Il faut

onc faire des efforts pour se les ren-
dre favorables. Par la même raison, on
ne doit pas mettre trop d'art, car c'est
l'instant où la recherche et l'étude se-
raient le plus vite aperçues, et dans
tout le reste du discours il en résulte-
rait un obstacle à la persuasion.

La modestie est également l'un des traits caractéristiques d'un début judicieux. Un orateur, qui, dès le commencement, prend un air d'arrogance et d'ostentation, blesse l'amour-propre de ses auditeurs. Prévenus d'une manière désavantageuse, ils ne lui prêteront plus qu'une attention hostile. La modestie doit paraître, non-seulement dans les expressions, mais encore dans les regards, dans les gestes, dans la voix. Cependant l'orateur ne portera pas cette qualité jusqu'à la bassesse et la servilité. A travers sa déférence pour l'auditoire, il laissera percer un sentiment de dignité pour la justice et la grandeur de sa cause.

En général, l'exorde ne doit point

être véhément. Ce n'est que quand les esprits des auditeurs ont été amenés à un certain point que l'orateur peut s'abandonner à ses inspirations, et s'exprimer d'une manière vive et passionnée. Cependant cette règle admet des exceptions, lorsqu'une vive douleur, une grande joie, une indignation violente, ou quelque autre passion, se trouve déjà dans le cœur de ceux qui écoutent. Alors on ne risque rien d'éclater en commençant. C'est ainsi que l'apparition de Catilina dans le sénat romain instruit de ses desseins pernicieux, rend convenable et naturel le début de la harangue que Cicéron prononça contre lui : « Jusques à quand, Catilina, abuseras-tu de notre patience? Combien de temps encore serons-nous le jouet de ta fureur? Quel est le terme où s'arrêtera cette audace effrénée? Quoi donc! ni la garde qui veille la nuit au mont Palatin, ni celles qui sont disposées par toute la ville, ni tout le peuple en alarme, ni le concours de tous les citoyens vertueux, ni le lieu fortifié où s'assemble le sénat, ni ces visages irrités, ces yeux fixés sur toi, n'ont rien qui puisse t'émouvoir? Ne sens-tu pas que tes complots sont dévoilés? Ne vois-tu pas, même dans le silence de tous ceux qui t'environnent, que ton crime est découvert? Penses-tu que quelqu'un de nous ignore ce que tu as fait la nuit dernière et celle qui l'a précédée? dans quelle maison tu as rassemblé tes conjurés? quelles résolutions tu as prises? O temps! ô mœurs! Le sénat en est instruit, le consul le voit, et Catilina vit encore! il vit! Que dis-je? il met dans le sénat un pied téméraire; il a part aux secrets de l'État; il marque, il destine de l'œil chacun de nous à la mort? et nous, sénateurs, nous croyons avoir assez fait si nous évitons le glaive dont il veut nous égorger! »

Il est probable que si le consul eût commencé tranquillement son discours, il aurait éteint l'émotion des auditeurs.

Une des régles qu'on peut encore assigner à l'exorde, c'est qu'il n'anticipe jamais sur les parties principales du sujet. Si l'on y introduit des argumens qu'on développera dans la suite, ils perdent, en reparaissant, le mérite de la nouveauté. Une pensée fait une bien plus vive impression, quand on ne la présente qu'une seule fois et à la place convenable.

Enfin, l'exorde doit être en rapport avec la nature du discours, soit pour la longueur, soit pour le genre. Rien ne serait en effet plus absurde que d'élever un vaste portique à l'entrée d'un petit bâtiment; il ne serait pas moins ridicule de surcharger de magnifiques ornemens d'architecture, la demeure d'un simple citoyen, ou de rendre l'entrée d'un tombeau aussi riante que celle d'un jardin.

Un orateur, assuré de la bonne volonté de ses auditeurs, peut, sans inconvénient, se passer d'un exorde dans les formes, à moins que par égard pour l'auditoire et dans l'intérêt de son sujet, il ne juge convenable de l'annoncer en peu de mots, pour mieux préparer les esprits aux autres parties de son discours.

Chez les Athéniens, l'exorde était regardé comme une partie essentielle du discours. Cependant devant l'aréopage, on était tenu de parler sans exorde, sans mouvemens oratoires et sans péroraison.

CHAPITRE X.

DE LA PROPOSITION ET DE LA DIVISION.

La *proposition* est l'exposition claire et précise du sujet. Dans le plaidoyer elle indique au juge quel est l'objet de la difficulté, et sur quoi il doit prononcer.

On distingue les *propositions simples* et les *propositions composées.*

Les *propositions simples* ne renferment qu'un seul objet à prouver : « Nous plaidons *Paul et moi*, au sujet de la succession de Jean mort *ab intestat;* il s'agit de savoir qui de nous deux est le plus proche héritier. »

Les *propositions composées* renferment plusieurs objets qui demandent chacun leur preuve à part.

Ex. : Pierre est accusé d'avoir commis un vol et un meurtre.

Les *propositions* étant appuyées sur deux ou trois preuves principales, présentent par là même, plusieurs aspects, sous lesquels on peut les considérer : de là les *divisions.*

La *division* est le partage du discours en divers points, qui seront successivement traités.

Il faut d'abord que les différentes parties, dans lesquelles le sujet est divisé, soient réellement distinctes les unes des autres, c'est-à-dire, que l'une ne soit pas déjà contenue dans une autre. Une méthode différente jetterait le désordre et la confusion dans un sujet.

En second lieu, on doit suivre dans la division l'ordre de la nature, en commençant par les points les plus simples et les plus faciles à saisir. On passe ensuite à ceux qui dérivent des premiers ou qui en supposent la connaissance.

En troisième lieu, le sujet tout entier doit être développé et épuisé dans les membres d'une division ; autrement elle n'est pas complète, car elle ne montre alors que des fragmens détachés du sujet.

Les termes d'une division doivent en outre être extrêmement concis ; il faut bannir les périphrases et n'employer que les mots strictement nécessaires. Par cette méthode, les auditeurs se rappellent plus facilement les parties divisées.

Enfin, une trop grande multiplicité de points est toujours à éviter; les divisions et subdivisions minutieuses lassent la patience de l'auditeur. Elles peuvent sans doute trouver place dans un traité scientifique ; mais elles donnent de la sécheresse au discours et fatiguent inutilement la mémoire.

CHAPITRE XI.

LA NARRATION.

La *narration*, dans le discours, est l'exposition du fait sur lequel les juges doivent prononcer, assortie à l'utilité de la cause. Dans les plaidoyers et les mémoires de nos avocats, on l'appelle simplement *fait*.

Le dernier trait de la définition

constitue la principale différence entre la narration oratoire et la narration historique. L'historien, uniquement occupé du vrai, ne se propose que d'exposer la chose telle qu'elle est. Il n'en est pas ainsi de l'orateur. L'intérêt du vrai n'est pas le seul qui le dirige, il doit y joindre la considération de ce que demande l'utilité de sa cause. Sans détruire la substance du fait, il le présente sous des couleurs favorables; il insiste sur les circonstances avantageuses, il les met dans leur plus beau jour; il adoucit celles qui seraient odieuses et choquantes.

La narration est de l'essence de la cause; elle peut en être regardée comme le fondement principal, aussi nulle partie du discours ne demande à être travaillée plus soigneusement. Elle exige beaucoup d'art, de réflexion, de conduite, parce qu'il est souvent très-difficile d'allier les vues que l'orateur doit avoir en la dressant. Il ne saurait pousser trop loin les précautions pour arranger les circonstances de son récit, de manière qu'elles conduisent elles-mêmes l'esprit de l'auditeur à des inductions avantageuses au parti dont il a pris la défense.

Les autres qualités que les rhéteurs assignent à la narration, sont : la *clarté*, la *brièveté*, la *vraisemblance*, et, si la matière le permet, l'*intérêt* et l'*agrément*.

La *clarté* doit sans doute régner dans tout le discours, mais elle est surtout indispensable dans la narration destinée à répandre le plus grand jour sur ce que l'orateur dira dans la suite. Une seule circonstance laissée dans l'obscurité ou mal comprise par les juges, peut annuler l'effet des raisonnemens d'un avocat. On aura donc soin d'apporter une scrupuleuse attention à la citation exacte des noms, des dates, de lieux, enfin des principales circonstances du fait que l'on raconte.

La *brièveté*, dans la narration, ne consiste pas à se renfermer dans peu de paroles, mais à dire ce qui est nécessaire ou même utile. Un récit de quatre pages peut être court, s'il ne contient que ce qui est nécessaire, et un récit de dix lignes long, si moins de mots suffisent. Entre les deux excès du trop et du trop peu, le dernier est le plus vicieux. Observons encore qu'on ne doit pas traiter de superflu des ornemens placés à propos et distribués avec goût. La narration, dit un rhéteur, ne doit pas être sans grâces, autrement elle paraîtrait grossière, et ennuierait; car le plaisir trompe et amuse; et ce qui plaît semble moins durer : de même qu'un chemin riant et uni, quoique plus long, fatigue moins qu'un chemin plus court, qui serait escarpé ou désagréable.

La *narration* doit être *vraisemblable*, autrement on ne daignera pas l'écouter.

Pour rendre le récit vraisemblable, il est nécessaire de donner une idée du caractère des personnes dont on parle, de démontrer que leurs actions ont été déterminées par des motifs naturels et plausibles. « Ainsi, dit Quintilien, si vous accusez un homme de vol, vous devez le peindre avide; dérangé dans ses mœurs, s'il s'agit d'adultère; téméraire et violent, si vous le poursuivez comme coupable de meurtre. Défenseur, vous réglerez vos tableaux d'après des considérations contraires. »

A ces qualités on joint l'*intérêt* et l'*agrément*; l'*intérêt*, dans les causes grandes par leur objet et par le nom des personnes qu'elles regardent, variées par une multiplicité d'événemens divers, susceptibles de sentimens de douleur, de commisération, d'indignation et de surprise; l'*agrément*, dans les sujets médiocres. Quant aux matières de peu d'importance, la clarté et la brièveté sont les seuls ornemens qui leur conviennent.

CHAPITRE XII.

LA CONFIRMATION.

La *confirmation* ou *preuve* consiste à démontrer la vérité annoncée dans la proposition. C'est la partie essentielle et indispensable de l'éloquence. Elle est l'écueil des personnes qui ne sont douées que d'imagination ; mais elle est le triomphe des orateurs dont l'esprit, aussi solide que brillant, joint la force du raisonnement aux charmes de l'expression.

L'orateur, pour réussir dans la confirmation, doit s'attacher à étudier le cœur humain. S'il connaît les inclinations particulières de ceux à qui il parle, il pourra s'attirer leur attention et se concilier leur bienveillance. Il attaquera l'ambitieux par l'éclat des honneurs; l'avare, par l'appât de l'or, etc., et presque tous les hommes malheureusement par l'amour-propre.

On doit éviter avec soin deux défauts dans la confirmation : le premier, de chercher à prouver des choses claires par elles-mêmes et incontestables; le second, d'insister trop fortement sur une preuve et de l'épuiser.

C'est dans la méditation du sujet plutôt que dans la méthode des lieux qu'on doit chercher les preuves : nous avons indiqué, en parlant de l'invention, de quelle utilité pouvaient être ces secours artificiels inventés par les rhéteurs. Celui qui a tout vu, tout examiné, tout prévu, trouve facilement des raisons; les argumens se présentent d'eux-mêmes; il n'a plus qu'à les choisir, les arranger et les traiter.

Si l'orateur, incertain du succès de sa cause, n'a qu'un seul argument, sur lequel il puisse compter, il agira prudemment en présentant d'abord cette preuve principale, afin de captiver l'attention des auditeurs et de les disposer à écouter le reste de ses raisonnemens avec impartialité. Si, dans le nombre des argumens, il en est un ou deux qui nous paraissent faibles, mais cependant indispensables, Cicéron nous conseille de les placer au milieu, où ils seront moins en vue qu'au commencement ou à la fin.

Les argumens forts et concluans doivent être présentés séparément, et d'une manière distincte, parce que chacun d'eux peut supporter l'examen le plus rigoureux sans aucun risque. Quant aux preuves douteuses, on doit les rassembler, afin qu'elles se prêtent un mutuel secours.

Nous ne devons ni trop étendre ni trop multiplier nos argumens. Nous rendrions notre cause suspecte plutôt que d'inspirer la confiance. En outre, une multitude d'argumens sans nécessité surchargent la mémoire, et n'entraînent pas la conviction comme s'ils étaient en moindre nombre et mieux choisis.

Des rhéteurs ont pensé que la meilleure manière de traiter les preuves était de commencer par les plus faibles, pour s'élever successivement jusqu'aux plus fortes, de manière que le discours allât toujours en croissant; d'autres ont voulu qu'on débutât par des moyens puissans pour s'emparer tout d'un coup des esprits; qu'on réservât pour la fin ce qu'il y a de plus frappant et de plus décisif, et qu'on plaçât dans le milieu les preuves médiocres. Nous n'admettons spécialement aucune de ces méthodes, et nous pensons que l'ordre naturel que l'on doit tenir dans la disposition des argumens est de les placer de sorte qu'ils servent de degrés à l'auditeur pour arriver à la conviction, et qu'ils fassent entre eux comme une chaîne

qui arrête celui que l'on veut assujet-
tir à la vérité.

Le développement des preuves, dont on veut faire sentir toute la force et en tirer tout l'avantage possible, s'appelle *amplification oratoire.*

L'*amplification* consiste à exagérer avec art les circonstances favorables ou défavorables de l'objet ou de l'action qu'on veut mettre en évidence, jusqu'à ce qu'il soit élevé ou rabaissé au dernier point de conviction où l'on désire que parviennent les lecteurs ou les auditeurs.

« L'amplification, dit *Cicéron*, est une manière forte d'appuyer sur ce que l'on dit, et d'arriver, par l'émotion des esprits, à la persuasion. » Elle ne consiste pas dans la multitude des paroles, mais dans la grâce et dans la force dont elle revêt le raisonnement. Le passage suivant de Mackensie nous donnera un bel exemple de l'amplification oratoire. Ce célèbre avocat, accusant devant le jury une femme prévenue d'avoir donné la mort à son enfant, s'exprime ainsi : « Messieurs, si, de quelque manière que ce fût, un homme en avait tué un autre, si, en se défendant contre son adversaire, il lui avait ôté la vie; si une femme avait provoqué la mort de son ennemi, la loi Cornélia punissait tous ces crimes par la peine capitale : mais si un enfant innocent, qui n'a pu se faire aucun ennemi, avait été égorgé par sa nourrice, quels châtimens la mère n'invoquerait-elle pas? De quels cris ne viendrait-elle pas frapper vos oreilles....? Que dirions-nous donc d'une femme coupable d'assassinat, d'une mère coupable du meurtre de son fils, d'une femme qui, dans un seul crime, a compris tous ces forfaits! Crime exécrable, monstrueux dans une femme, incroyable dans une mère, commis contre un être sur qui l'âge appelait la compassion, sur qui les liens du sang appelaient la tendresse, et lont l'innocence méritait une éclatante protection! »

Ces gradations sont sans doute très-bien placées dans les discours d'un style noble et soutenu, mais telle n'est pas la marche du langage passionné; rarement il procède d'une manière aussi régulière.

Dans certaines matières, l'ordre, la clarté et la précision sont les seuls ornemens convenables. Il est aussi des sujets pathétiques qui seraient affaiblis par là même qu'on chercherait à les embellir.

Il ne suffit pas de choisir. d'analyser les preuves et de leur donner une forme, il faut encore les lier entre elles par des transitions justes et agréables. « L'art de l'orateur, dit Rollin, consiste à savoir, par de certains tours et de certaines pensées imaginées adroitement, mettre entre les différentes preuves une union si naturelle, qu'elles semblent faites les unes pour les autres, et que toutes ensemble elles forment, non des membres et des morceaux détachés, mais un corps et un tout continu. »

CHAPITRE XIII.

DE LA RÉFUTATION.

La *réfutation* consiste à répondre aux objections de la partie adverse, et à détruire les preuves qu'elle a alléguées.

En général, la réfutation demande beaucoup d'habileté et d'adresse; et on peut dire que nulle part ne se fait mieux sentir le besoin qu'a de la dialectique la profession d'avocat.

Quelquefois la réfutation se place avant la confirmation, quand l'adversaire a produit beaucoup d'effet; souvent on peut les faire marcher ensemble, et certains rhéteurs n'en ont point fait deux parties distinctes. Le meilleur moyen, sans doute, de gagner du temps et de hâter le succès de la cause que l'on défend serait, à l'exemple de Démosthènes, de fondre la réfutation dans les preuves, de manière à ruiner de fond en comble toutes les objections possibles, à rendre l'avis contraire, ou ridicule, ou odieux, et à faire rougir les uns de le proposer, et les autres de l'entendre.

Pour réfuter son adversaire, il faut, ou détruire les principes sur lesquels il a fondé ses preuves, ou prouver que de bons principes il a tiré de fausses conséquences. On remarquera adroitement une contradiction ; on profitera de ses aveux qui nous sont favorables ; on tirera d'un principe reconnu par lui une conséquence qui le confonde ; on relevera ses défauts dans le raisonnement, s'il a donné pour clair ce qui est douteux, pour avoué ce qui est contesté, pour propre à la cause ce qui est propos vagues et lieux communs. Quand on préviendra les objections, on aura soin de ne rien mettre en avant qu'on ne soit en état de réfuter, et de ne pas fournir de nouvelles armes à la partie adverse, en découvrant des difficultés auxquelles, peut-être, elle n'avait pas pensé.

L'orateur, après avoir opposé des raisons solides aux objections les plus fortes, pourra combattre les plus faibles avec l'arme de l'ironie, pourvu qu'il le fasse avec adresse et ménagement; car il risquerait de tomber dans le bas et le ridicule, s'il n'usait, en ce genre, de la plus grande circonspection.

C'est encore un grand avantage pour celui qui réfute de rétorquer les argumens de son adversaire.

Protagoras, philosophe et rhéteur, était convenu avec Énathlus d'une somme qui lui serait payée par celui-ci lorsqu'il aurait gagné une cause. Le temps paraissant trop long au maître, il intenta un procès à son disciple, et présenta cet argument : « Ou vous perdrez votre procès, ou vous le gagnerez ; si vous le perdez, il faudra payer par sentence des juges ; si vous le gagnez, il faudra payer en vertu de notre convention. » Énathlus répondit : « Ou je perdrai ma cause ou je la gagnerai ; si je la perds, je ne vous dois rien, en vertu de notre convention ; si je la gagne, je ne vous dois rien, en vertu de la sentence des juges. »

On trouvera dans la *logique* les principales sources des mauvais raisonnemens, qu'on appelle sophismes ou paralogismes, et on apprendra à en démêler les subtilités.

CHAPITRE XIV.

DE LA PÉRORAISON.

La *péroraison* est la conclusion ou la dernière partie du discours ; elle est destinée à achever de convaincre, en résumant les principales preuves, et à persuader, en excitant dans l'âme les émotions propres au sujet traité par l'orateur.

La récapitulation est nécessaire, quand la cause est longue, embarrassée et surchargée d'un grand nombre de preuves; elle devient inutile, quand le sujet est simple et de peu d'étendue.

La récapitulation doit contenir en peu de mots ce que la cause a de plus favorable, parce que c'est le dernier moment qui nous reste, et que nous ne saurions trop bien l'employer. Il faut présenter tous les argumens résumés sous un point de vue commun, afin de laisser, dans l'esprit des auditeurs, un souvenir plus plein et plus fort de ses preuves. On doit également s'attacher à varier les formes et les tournures du style, afin de ne pas s'exposer à être désagréable aux juges et à les offenser.

L'éloquence réserve sa plus grande force pour l'autre partie qui se rapporte aux sentimens et aux passions. C'est par le secours du pathétique qu'elle domine, qu'elle triomphe et qu'elle assure son empire. C'est alors que l'orateur doit rappeler les morts de la tombe, faire entendre les sanglots et les cris des infortunés qu'il défend, animer des objets insensibles, se servir de ces prosopopées, de ces hypotyposes qui donnent au discours tant de véhémence et de vitalité. Démosthènes et Cicéron possédaient ce talent au suprême degré ; presque toutes leurs péroraisons sont des chefs-d'œuvre. Quoique notre barreau soit plus austère, les péroraisons touchantes n'en sont pas absolument bannies ; mais c'est principalement dans l'éloquence de la chaire qu'elles sont remarquables. La péroraison de Bossuet dans l'oraison funèbre du grand Condé, est un des beaux modèles d'éloquence dans notre langue. Quant à l'éloquence politique, nous citerons Mirabeau, si puissant dans l'art de la parole. Il termine ainsi son discours sur les finances : « Vous avez entendu naguère ces mots forcenés : *Catilina est aux portes, et l'on délibère !* et certainement il n'y avait autour de nous ni Catilina, ni périls, ni factions, ni Rome; mais aujourd'hui la banqueroute est là ; elle menace de consumer tout; vos propriétés, votre honneur; et vous délibérez ! »

Voilà de la véritable éloquence. La véhémence du mouvement subjugue;

c'est l'expression d'une âme ardente et fortement trempée.

Nous citerons, comme un exemple admirable de péroraison, ces paroles de Clytemnestre, furieuse du dessein qu'Agamemnon avait conçu, contre son gré, d'immoler Iphigénie :

Est-ce donc être père ? Ah ! toute ma raison
Cède à la cruauté de cette trahison.
Un prêtre, environné d'une foule cruelle,
Portera sur ma fille une main criminelle !
Déchirera son sein, et, d'un œil curieux,
Dans son cœur palpitant consultera les dieux !
Et moi qui l'amenai, triomphante, adorée,
Je m'en retournerai seule et désespérée !
Je verrai les chemins encor tout parfumés
Des fleurs, dont sous ses pas on les avait semés !
Non, je ne l'aurai point amenée au supplice,
Ou vous ferez aux Grecs un double sacrifice ;
Ni crainte, ni respect ne m'en peut détacher,
De mes bras tout sanglans il faudra l'arracher ;
Aussi barbare époux qu'impitoyable père,
Venez, si vous l'osez, la ravir à sa mère :
Et vous, rentrez, ma fille, et du moins à mes lois
Obéissez encor pour la dernière fois.

RACINE (*Iphigénie*, acte IV, scène IV).

CHAPITRE XV.

Troisième partie.

DE L'ÉLOCUTION.

L'ÉLOCUTION est l'expression de la pensée par la parole. Dans un sens plus vulgaire, l'*élocution est la partie de la rhétorique qui traite du style et de ses différentes qualités*. Elle est à l'éloquence ce que le coloris est à la peinture. Le fond, et ce qui constitue l'essence d'un tableau, est la figure qui doit être bien dessinée, en sorte que chaque partie soit à sa place, et qu'il en résulte un ensemble bien proportionné. Telle est la base et la substance de l'ouvrage : mais la couleur est nécessaire pour le décorer et lui donner un éclat et une expression parfaite. Il en est de même dans l'éloquence : l'élocution donne à l'ouvrage l'âme et la vie, la grâce et la force ; c'est elle qui achève d'imprimer aux objets ce brillant, ce vrai et cette parfaite imitation de la nature, qui charment les spectateurs et enlèvent les suffrages. « Les choses, dit Cicéron, dépendent tellement des paroles, que souvent la même idée est reçue ou rejetée, plaît ou déplaît, selon la manière dont on l'exprime. » L'homme se laisse plus souvent conduire par les sens que par la raison, et un poëte a eu raison de dire :

Si Minerve, même ici bas,
Venait enseigner la sagesse,
Il faudrait bien que la déesse
A son profond savoir joignît quelques appas ;
Le genre humain est sourd quand on ne lui plaît pas.

On entendait autrefois par *style*, une espèce de poinçon dont on se servait pour écrire sur des écorces d'arbre ou sur des tablettes enduites de cire. Le style était pointu par un bout et aplati par l'autre, pour que l'on pût effacer suivant sa volonté. Ce mot signifie aujourd'hui la manière particulière dont chaque homme exprime sa pensée au moyen du langage. C'est un tableau des idées qui naissent dans son esprit, et de l'ordre dans lequel elles y sont produites.

« Le *style*, dit Buffon, n'est que l'ordre et le mouvement qu'on met dans les pensées : si on les enchaîne étroitement, si on les serre, le style devient ferme, nerveux et concis ; si on les laisse se succéder lentement et ne se joindre qu'à la faveur des mots, quelque élégans qu'ils soient, le style sera diffus, lâche et traînant. »

On distingue dans le style les qualités générales et les qualités particulières.

Les qualités générales du style constituent son essence et sont invariables.

Les qualités particulières varient suivant la différence des sujets.

CHAPITRE XVI.

DES QUALITÉS GÉNÉRALES DU STYLE.

Les qualités générales du style sont la pureté, la clarté, la précision, le naturel, la noblesse, l'harmonie. Dans tous les genres de compositions, ces qualités distinguent toujours les grands écrivains.

La *pureté* consiste à faire usage de mots et de constructions qui appartiennent à la langue que l'on parle, par opposition aux mots et aux tours usités dans d'autres langues ou tombés en désuétude, ou enfin nouvellement fabriqués et sans autorité suffisante. Boileau s'est exprimé ainsi sur la nécessité de la pureté du langage :

Surtout qu'en vos écrits la langue révérée
Dans vos plus grands excès vous soit toujours sacrée :
En vain vous me frappez d'un son mélodieux,
Si le terme est impropre ou le tour vicieux ;
Mon esprit n'admet point un pompeux barbarisme,
Ni d'un vers empoulé l'orgueilleux solécisme.
Sans la langue, en un mot, l'auteur le plus divin,
Est toujours, quoi qu'il fasse, un méchant écrivain.

La *clarté* consiste à éviter les termes vagues ou équivoques, les constructions louches, les inversions forcées, les périodes trop longues ou qui sont traversées par des sens différens. Cette qualité est la base fondamentale du style dans toute espèce de discours. Sans elle, les ornemens les plus brillans ne jettent qu'une faible lueur à travers les ténèbres, et embarrassent le lecteur sans lui plaire. Est-il en effet rien de plus pénible, que de suivre laborieusement un auteur, qu'il nous faut lire plusieurs fois pour le comprendre? L'espèce humaine est trop indolente de sa nature pour se soumettre à un pareil travail. « Il faut, dit Quintilien, que la clarté de l'expression soit telle, que la pensée frappe les esprits, comme le soleil frappe la vue. »

La clarté est une qualité que nos grands maîtres ont le plus recommandée à ceux qui aspirent à la gloire de l'éloquence. Despréaux, après leur avoir proposé l'exemple de Malherbe, ajoute :

Marchez donc sur ses pas, aimez sa pureté,
Et de son tour heureux imitez la clarté.
Si le sens de vos vers tarde à se faire entendre
Mon esprit aussitôt commence à se détendre ;
Et, de vos vains discours prompt à se détacher,
Ne suit point un auteur qu'il faut toujours chercher.
Il est certains esprits dont les sombres pensées
Sont d'un nuage épais toujours embarrassées;
Le jour de la raison ne les saurait percer.
Avant donc que d'écrire apprenez a penser.
Selon que notre idée est plus ou moins obscure
L'expression la suit ou moins nette ou plus pure.
Ce que l'on conçoit bien s'énonce clairement
Et les mots pour le dire arrivent aisément.

La *précision* consiste à retrancher tous les mots superflus, à élaguer l'expression de manière qu'elle ne présente que l'exacte copie de l'idée que nous avons voulu énoncer. L'esprit est impatient de connaître; et il est d'autant plus satisfait que les moyens qu'on lui offre pour arriver sont aisés et courts. Les faibles écrivains s'imaginent qu'en employant une multitude de mots ils se feront mieux comprendre du lecteur; loin de là, ils ne parviennent qu'à fatiguer sa patience. L'image telle qu'ils vous la présentent est toujours double, et une image double n'est jamais distincte.

Le *style* est *naturel* quand il rend un sentiment, une idée, une image, avec aisance, sans effort et sans apprêt. Nous ne voyons plus l'écrivain et son travail, mais seulement l'homme dans son caractère naturel; il peut être riche d'expressions, abondant en figures, plein d'imagination; et toutefois on sent que ces avantages ne lui ont coûté aucun effort. Tout chez lui coule de source, et il semble écrire ainsi, non parce qu'il en a fait une sorte d'étude, mais parce que cette manière de s'exprimer lui est tout-à-fait naturelle. On doit placer à la tête des auteurs qui peuvent servir de modèle dans ce genre, l'inimitable La Fontaine.

Le *style* est *noble* quand on évite les idées populaires et les termes bas.

Quoi que vous écriviez, évitez la bassesse.

BOILEAU.

Quelquefois les poëtes sont obligés de parler d'objets minces et petits, il faut alors que la dignité de l'expression relève la petitesse de la matière. Voyez comme Racine, par la magie de son style, ennoblit les idées de *voiles* et de *cheveux*, qui ne sont rien moins que poétiques.

Laissez-moi relever ces voiles détachés,
Et ces cheveux épars dont vos yeux sont cachés;
Souffrez que de vos pleurs je répare l'outrage.

L'*harmonie* du style résulte du choix

des mots et de leur arrangement dans la phrase.

« De l'harmonie dans les mots et dans leur assemblage, dit l'abbé Girard, résulte l'harmonie principale du discours, l'harmonie des phrases en elles-mêmes et dans leur succession. Elle demande une oreille très-délicate et très-exercée. Elle consiste dans la texture, la coupe et l'enchaînement des phrases et des périodes. »

On appelle *période*, une pensée composée de plusieurs autres pensées, dont le sens est suspendu jusqu'à un dernier repos, qui est commun à toutes. Chacune de ces pensées, prise séparément, se nomme *membre de la période*. On lie ces membres par des conjonctions ou par le sens. On distingue des périodes à deux, trois, quatre, cinq, six membres; s'il s'en trouve un plus grand nombre, cette suite de pensées s'appelle discours périodique.

EXEMPLE *d'une période à deux membres*

1. Et toi, Neptune, O toi! si jadis mon courage
D'infâmes assassins nettoya ton rivage,
2. Souviens-toi que, pour prix de mes efforts heureux,
Tu promis d'exaucer le premier de mes vœux

(*Phèdre.*)

EXEMPLE *d'une période à trois membres.*

Ah! s'ils ont pu choisir pour leur libérateur
1. Spartacus, un esclave, un vil gladiateur;
2. S'ils suivent au combat des brigands qui les vengent,
3 De quelle noble ardeur pensez-vous qu'ils se rangent
Sous les drapeaux d'un roi long-temps victorieux,
Qui voit jusqu'à Cyrus remonter ses aïeux.

(*Mithridate.*)

EXEMPLE *d'une période à cinq membres.*

1. Grand Dieu! si tu prévois qu'indigne de sa race,
Il doive de David abandonner la trace;
2. Qu'il soit comme le fruit, en naissant arraché,
Ou qu'un souffle ennemi dans sa fleur a séché!

3. Mais si ce même enfant, à tes ordres docile,
Doit être à tes desseins un instrument utile,
4. Fais qu'au juste héritier le sceptre soit remis;
5. Livre en mes faibles mains ses puissans ennemis.

(*Athalie.*)

Pour que la période soit harmonieuse, il faut ne pas laisser trop d'inégalité entre les membres, et principalement ne pas faire les derniers trop courts, par rapport aux premiers. On doit également éviter les périodes trop longues et les phrases trop courtes, le style qui fait perdre haleine et celui qui oblige à chaque instant de s'arrêter. Les mots qui flattent le plus l'oreille, sont formés de sons doux et coulans, entremêlés convenablement de consonnes et de voyelles, disposées de manière à éviter le choc des unes et le bâillement des autres. Les monosyllabes, en général, sont plus agréables que les mots d'une certaine étendue. Mais, parmi ces derniers, il faut surtout choisir ceux qui, par un mélange heureux de longues et de brèves, sont les plus propres à donner de l'harmonie à la phrase. Toutefois, les mots arrangés sans goût, quelque bien qu'ils soient choisis, détruiront tout l'effet musical qu'on devait en attendre.

Outre l'harmonie que nous venons d'envisager, et qu'on peut nommer *mécanique*, parce qu'elle consiste dans les mots matériellement pris et considérés comme sons, il en est une autre appelée *imitative*, qui est fondée sur le rapport des sons avec les objets qu'ils expriment. Nos bons poëtes, ainsi que les anciens, ont excellé dans l'art de peindre les objets avec les sons. N'est-on pas obligé de prononcer lentement ces deux vers de Boileau :

N'attendait pas qu'un bœuf, pressé de l'aiguillon,
Traçât à pas tardifs un pénible sillon.

Au contraire, n'est-on pas emporté, malgré soi, dans une prononciation rapide par celui-ci :

Le moment où je parle est déjà loin de moi.

N'entend-on pas ici le bruit d'un char qui se brise :

L'essieu crie et se rompt............

RACINE.

Quelle fatigue n'éprouve-t-on pas en lisant ces vers de La Fontaine :

Dans un chemin montant, sablonneux, malaisé,
Et de tous les côtés au soleil exposé,
Six forts chevaux tiraient un coche.
Femmes, moines, vieillards, tout était descendu;
L'équipage suait, soufflait, était rendu.

Dans les exemples suivans :

Un jour sur ses longs pieds, allait je ne sais où,
Le héron au long bec emmanché d'un long cou,

LA FONTAINE.

Pour qui sont ces serpens qui sifflent sur vos têtes?

RACINE.

Ne semble-t-il pas voir marcher le héron, et entendre le sifflement des serpens qui ceignent la tête des Euménides ?

Les vers suivans, traduits de Pope

par l'abbé Duresnel, nous donneront à la fois le précepte et l'exemple :

Que le style soit doux, lorsqu'un tendre zéphyre
A travers les forêts, s'insinue et soupire ;
Qu'il coule avec lenteur, quand de petits ruisseaux
Traînent languissamment leurs gémissantes eaux.
Mais le ciel en fureur, la mer pleine de rage,
Font-ils d'un bruit affreux retentir le rivage ?
Le vers comme un torrent, en grondant doit marcher.
Qu'Ajax soulève et lance un énorme rocher,
Le vers appesanti tombe avec cette masse.
Voyez-vous, des épis effleurant la surface,
Camille, dans un champ, qui court, vole et fend l'air !
Le style suit Camille et part comme un éclair.

L'harmonie imitative a été également employée avec succès, par nos bons écrivains en prose. Nous nous contenterons de citer le passage suivant de Châteaubriand :

« Le son rauque de la trompette du Tartare appelle les habitans des ombres éternelles ; les noires cavernes en sont ébranlées, et le bruit d'abîmes en abîmes, roule et retombe. »

CHAPITRE XVII.

DES QUALITÉS PARTICULIÈRES DU STYLE.

Nous avons exposé les règles générales du style que nous avons vu être invariables. Indiquons maintenant ses qualités particulières ou ses différences, à raison de celles des sujets que traite l'écrivain, ou des objets qu'il doit peindre. L'élocution sera-t-elle la même dans les matières de discussion, dans les sujets agréables et dans les sujets pathétiques? non assurément, et c'est après avoir étudié la nature, que les anciens, et après eux les modernes, ont distingué trois principaux caractères de l'élocution, le simple, le tempéré, le sublime. Le style de chaque écrivain offre toujours une nuance de l'un de ces trois styles variés à l'infini.

DU STYLE SIMPLE.

Le *style simple* consiste à exprimer sa pensée avec ordre, netteté et concision ; il n'admet point les tours ambitieux et les périodes nombreuses; il plaît, il intéresse par la vérité des pensées et la justesse des expressions; il n'exclut point la délicatesse, l'enjouement, les figures même, quand elles sont amenées naturellement; mais il évite tout ce qui est recherché, tout ce qui sent le travail et l'apprêt. On l'emploie dans les conversations familières, dans les lettres, les fables, les comédies, les mémoires des avocats, dans les parties du plaidoyer, où il s'agit d'instruire et de préparer les esprits, dans les causes de peu d'intérêt.

La simplicité du style n'enlève rien à la grandeur des pensées, et peut renfermer, sous un air négligé, de très-grandes beautés.

DU STYLE TEMPÉRÉ.

Le *style tempéré* tient le milieu entre le simple et le sublime. Plus abondant et plus orné que le premier, il est moins véhément et moins rapide que l'autre; sa marche douce et coulante a l'heureuse facilité du style simple, et quelquefois la noblesse et l'élévation du style sublime. Il s'enrichit de toutes les ressources de l'art, c'est-à-dire de l'agrément des expressions, des tours nombreux et périodiques, et des pensées fines, délicates et ingénieuses. Il n'admet toutefois que des ornemens naturels et tirés du fond même du sujet.

Le passage suivant de Fénelon nous offre un bel exemple de style tempéré. « Il dit, et aussitôt je sentis comme un nuage épais qui se dissipait de dessus mes yeux, et qui me laissait voir la pure lumière; une joie douce et pleine d'un ferme courage, renaissait dans mon cœur; cette joie était bien différente de cette autre joie molle et folâtre, dont mes sens avaient été empoisonnés. L'une est une joie d'ivresse et de trouble, qui est entrecoupée de passions furieuses et de cuisans remords; l'autre est une joie de raison, qui a quelque chose de bien heureux et de céleste : elle est toujours pure et égale; rien ne peut l'épuiser. Plus on s'y plonge, plus elle est douce; elle ravit l'âme sans la troubler. Alors, je versai des larmes de joie et je trouvai que rien n'est si doux que de pleurer ainsi. Oh! heureux, disais-je, les hommes à qui la vertu se montre dans toute sa beauté! Peut-on la voir sans l'aimer? Peut-on l'aimer sans être heureux? » (*Télémaque*, liv. 4.)

DU STYLE SUBLIME.

Le *style sublime* est celui qui fait régner la noblesse, la dignité, la majesté dans un ouvrage; il réunit tout ce que l'art oratoire a de plus riche et de plus véhément. Des images vives et brillantes, des sentimens généreux et élevés, des expressions harmonieuses et énergiques lui donnent ce charme et cette force à laquelle l'âme ne saurait résister. Les qualités qui lui conviennent sont, l'énergie, la véhémence, la magnificence et le sublime proprement dit.

Le *style est énergique* quand il serre l'expression, afin de donner plus de ressort au sentiment ou à la pensée. Tel est ce vers où Corneille dit que les trois favoris de Galba s'empressaient ardemment :

A qui dévorerait ce règne d'un moment.

Le prince de Condé, à Rocroi, sur le champ de bataille jonché de morts, demande à un officier espagnol quel était le nombre de leur infanterie. L'Espagnol lui répond : *Comptez, ils y sont tous.*

La *véhémence* dépend plutôt du tour et du mouvement impétueux de l'expression que de sa force; c'est l'impulsion que le style reçoit des sentimens qui naissent en foule et se pressent dans l'âme, impatiens de se manifester. La conviction est pressante et énergique; elle fait violence à l'entendement. La persuasion seule est véhémente, elle entraîne la volonté. La véhémence qui est le langage de la passion, caractérise l'éloquence poétique.

La *magnificence* est la richesse unie à la grandeur, comme dans ce passage où le roi prophète décrit l'apparition du Tout-Puissant. « Dans ma détresse, j'ai invoqué le seigneur; il a entendu ma voix du fond de son temple, et mes cris sont parvenus jusqu'à lui. Aussitôt la terre ébranlée trembla; les fondemens des collines ont été agités, parce que le seigneur était courroucé. Il a abaissé les cieux et il est descendu, ayant les ténèbres sous ses pieds. Il était monté sur un chérubin, il a volé... Oui, il a volé, et il était porté sur les aîles des vents. Il a fait des ténèbres son lieu de retraite ; il a dressé sa tente au sein de l'obscurité des eaux et dans l'épaisseur des nuées du ciel. »

Le *sublime*, suivant Marmontel, est tout ce qui porte une idée au plus haut degré possible d'étendue et d'élévation ; tout ce qui se saisit de notre âme et l'affecte si vivement que sa sensibilité, réunie en un point, laisse toutes ses facultés comme interdites et suspendues.

Les rhéteurs distinguent deux sortes de sublime, le sublime de pensée et le sublime de sentiment.

Le *sublime de pensée* consiste dans une grande idée, soit exprimée simplement, soit revêtue d'images. Tel est par exemple, ce passage de la Genèse : Dieu dit : « *Que la lumière soit, et la lumière fut.* »

Ce tour d'expression présente vivement une grande image : il caractérise l'œuvre de la création, d'une manière à la fois simple, noble et frappante.

Dans le *Macbeth* de Shakspeare, on annonce à Macduff que son château a été pris, et que Macbeth à fait massacrer sa femme et ses enfans. Macduff tombe dans une douleur morne; son ami veut le consoler; il ne l'écoute point, et méditant sur le moyen de se venger de Macbeth, il ne dit que ces mots terribles : *Il n'a point d'enfans!*

Le *sublime du sentiment* prend son origine dans l'exercice de nos facultés intellectuelles, dans les affections de notre âme, et dans certaines actions de nos semblables. Partout où nous voyons un homme d'une fermeté inébraulable, placé dans une situation périlleuse, supérieur à la crainte, et plein d'une noble confiance dans ses propres forces, nous nous sentons disposés à l'admirer, et ce sentiment s'élève jusqu'au sublime, s'il vient à oublier ses intérêts, à mépriser l'opinion et à braver les dangers de la mort. De ce genre sont le *qu'il mourut* du vieil Horace dans Corneille : le *moi* de Médée; ce mot de Porus à Alexandre, qui, lui demandant comment il voulait être traité, répond : *en roi ;* et ces paroles de César rassurant son pilote effrayé : « *Que crains-tu? tu portes César.* »

On peut encore citer, comme un exemple du sublime de sentiment, cette réponse d'Hermione à Oreste, dans l'*Andromaque* de Racine, lorsqu'après avoir exigé la mort de Pyrrhus, qu'elle aime, elle apprend qu'elle est obéie et s'écrie :

Pourquoi l'assassiner ? Qu'a-t-il fait ? A quel titre ?
Qui te l'a dit ?.....

ORESTE.

.....O dieux! quoi! ne m'avez-vous pas
Vous-même ici tantôt ordonné son trépas?

HERMIONE.

Hélas ! fallait-il croire une amante insensée !

Qui te l'a dit? est le mot le plus beau que la passion ait inspiré !

VARIÉTÉ DU STYLE.

Quand on connaît les qualités des différens styles, on doit s'attacher à les varier, à les fondre ensemble, à les remplir l'un par l'autre, afin de ne pas fatiguer l'auditeur, enfin à les assortir au sujet.

Heureux qui, dans ses vers, sait d'une voix légère
Passer du grave au doux, du plaisant au sévère.

BOILEAU.

« Celui-là est véritablement éloquent, dit Cicéron, qui sait s'exprimer en style simple sur les sujets ordinaires, traiter avec dignité les grands sujets, et ne s'élever qu'à la hauteur convenable dans les sujets moyens. »

CHAPITRE XVIII.

DES FIGURES.

Les *figures* peuvent être définies en général : *un langage inspiré par l'imagination ou la passion*. Elles ajoutent à la pensée de la force, de la noblesse, de l'éclat et de la grâce, et sont dans le discours ce que sont les attitudes dans la sculpture et la peinture.

Le style figuré enrichit une langue et la rend abondante et nombreuse. Les écrits et les phrases se multiplient à l'infini pour exprimer des idées de toute espèce, pour indiquer les différences les moins sensibles, les nuances les plus délicates de nos pensées, que de simples mots propres n'auraient pu rendre d'une manière aussi complète.

Elles ajoutent de la dignité au style, qui serait dégradé par l'usage trop constant des expressions vulgaires.

Les rhéteurs divisent les figures en deux grandes classes ; les figures de mots et les figures de pensées.

La *figure de mot* disparaît si le mot est changé, tandis que la *figure de pensée* subsiste malgré le changement des termes, pourvu toutefois que le sens reste le même.

Les plus importantes des figures de mots sont celles qui en changent la signification. On les appelle *tropes*, d'un verbe grec qui signifie *changer*.

CHAPITRE XIX.

DES TROPES.

Les *tropes*, comme nous l'avons vu, changent la signification naturelle et originale des mots, et les appliquent à d'autres usages. Avec leur secours, on répète la même idée sans fatiguer l'oreille par la répétition du même son; et on varie le discours. Les principaux sont : la *métaphore*, l'*allégorie*, la *catachrèse*, la *métonymie*, la *synecdoque*, l'*antonomase*, l'*ironie*.

La *métaphore* est fondée entièrement sur la ressemblance d'un objet avec un autre; ainsi elle se rapproche beaucoup de la comparaison, et n'en diffère que parce qu'on l'exprime d'une manière plus brève et plus concise. Si l'on dit d'un guerrier : *Il s'élançait comme un lion au milieu des ennemis*, on fait une comparaison qui est exprimée par les termes mêmes. Mais si l'on dit : *Ce lion s'élançait au milieu des ennemis*, la comparaison n'est alors que dans l'esprit, aucun terme ne l'exprime; c'est une métaphore.

La métaphore est le plus beau, le plus riche, le plus fréquemment employé de tous les tropes. Elle donne de la vie et de la force à une description; elle rend, pour ainsi dire, les idées intellectuelles sensibles à la vue, en leur prêtant de la couleur et des qualités substantielles. Ainsi nous disons les *mouvemens* de l'âme, la *chaleur* du sentiment, la *pénétration* de l'esprit, la *rapidité* de la pensée.

Ces vers de la *Mort de César* nous offrent un exemple remarquable de métaphore :

Rome, qui détruit tout, semble enfin se détruire.

Ce colosse effrayant, dont le monde est foulé,
En pressant l'univers, est lui-même ébranlé.
Il penche vers sa chute, et, contre la tempête,
Il demande mon bras pour affermir sa tête.

Il y a une autre métaphore bien frappante dans *Alzire*, lorsque Alvarès dit à Gusman :

Votre hymen est le nœud qui joindra les deux mondes.

Cette image présente à l'idée un spectacle magnifique.

La métaphore peut être défectueuse de plusieurs manières. Si elle n'est pas fondée sur une ressemblance claire et frappante, elle devient obscure ou ridicule ; si son sujet est bas, elle dégrade le discours loin de l'ennoblir ; enfin, si elle se tire de deux sujets disparats, elle excite des idées qu'il est impossible de lier. On a reproché à *Rousseau* d'avoir dit dans une de ses odes :

Et les jeunes zéphyrs, de leurs chaudes haleines,
Ont *fondu* l'écorce des eaux.

Fondre se dit de la glace ou du métal ; on ne peut donc pas dire, même au figuré, *fondre l'écorce*. Ces deux termes forment des idées incohérentes et qui ne peuvent se lier entre elles.

L'*allégorie* est une métaphore continuée. Elle se sert d'une suite de comparaisons, pour donner à entendre un sens qui n'est point exprimé. C'est un discours par lequel on dit une chose, pour en signifier une autre.

Dans l'allégorie suivante, Gresset offre une image vraie de la vie humaine :

En promenant vos rêveries
Dans le silence des prairies,
Vous voyez un faible rameau
Qui, par les jeux du vague Éole,
Enlevé de quelque arbrisseau,
Quitte sa tige, tombe, vole
Sur la surface d'un ruisseau.
Là, par une invincible pente,
Forcé d'errer et de changer,
Il flotte au gré de l'onde errante;
Et, d'un mouvement étranger,
Souvent il paraît, il surnage,
Souvent il tombe au fond des eaux.
Il rencontre sur son passage
Tous les jours des pays nouveaux;
Tantôt un fertile rivage

Bordé de coteaux fortunés;
Tantôt une rive sauvage,
Et des déserts abandonnés,
Parmi ses erreurs continues,
Il fuit, il vogue jusqu'au jour,
Qui l'ensevelit, à son tour,
Au sein de ces mers inconnues,
Où tout s'abîme sans retour.

La *catachrèse* est une espèce de métaphore à laquelle on a recours quand la langue n'offre point de mot propre pour exprimer sa pensée. Ainsi on dit : *une feuille de papier*, *un esprit mince*, *aller à cheval sur un bâton*.

La *métonymie*, mot tiré du grec, qui signifie transposition de nom, consiste à mettre dans le discours le nom d'une chose pour celui d'un autre. Elle emploie :

1° La cause pour l'effet. Ex. : *Vivre de son travail*; c'est-à-dire de ce qu'on gagne en travaillant.

2° L'effet pour la cause. Ex. : *Les pâles maladies*, *la triste vieillesse*; pour les maladies qui rendent pâle, la vieillesse qui rend triste.

3° Le contenant pour le contenu. Ex. : *Il avale la coupe funeste ;* c'est-à-dire la liqueur qui y est contenue.

4° Le signe pour la chose signifiée. Ainsi : l'*épée* se prend pour la profession militaire, la *robe* pour la magistrature.

5° Le nom du lieu où la chose se fait pour la chose même. Ex. : Un *Louviers*, un *Sédan ;* pour un drap de Louviers, de Sédan.

6° Les parties du corps qui sont regardées comme le siége des passions, et des sentimens pour les sentimens mêmes. Ex. : *Avoir du cœur*, pour *avoir du courage*. On dit d'un étourdi : *c'est une tête sans cervelle.*

Dans l'éloquence et la poésie, il y a mille moyens de varier la métonymie et d'en tirer de nouveaux effets ; le degré de hardiesse qu'on y met en fait tout le prix ; il doit être mesuré sur les circonstances et sur la nature du sujet. La métonymie fait la beauté de ces deux vers de l'*Orphelin de la Chine* :

Les vainqueurs ont parlé : l'*esclavage en silence*
Obéit à leur voix dans cette ville immense.

Mettez à la place les *esclaves en silence*, tout l'effet est détruit.

La *synecdoque* fait concevoir à l'esprit plus ou moins que le mot dont on se sert ne signifie dans le sens propre. Cette figure prend la *partie pour le tout*. Ex. : *Quelques étés, quelques hivers*, pour quelques années ; *un écu par tête*, pour un écu par personne.

Le *genre pour l'espèce* : les *mortels* pour les hommes seulement, tandis que les animaux sont également mortels.

Le *singulier pour le pluriel* : l'*ennemi*, pour les ennemis.

Un nombre certain pour un nombre incertain : *vingt, cent, mille fois*, pour un grand nombre de fois.

La *matière dont une chose est faite pour la chose qui en est faite* : le *fer*, pour l'épée; l'*airain*, pour les canons.

« Et par cent bouches horribles,
L'*airain*, sur ces monts terribles,
Vomit le fer et la mort.

BOILEAU.

L'*antonomase* est une espèce de synecdoque qui consiste à mettre un nom commun pour un nom propre, comme quand on dit: l'*orateur d'Athènes* pour *Démosthènes*, ou un nom propre pour un nom commun, comme quand on dit : *c'est un Néron*, pour désigner un prince cruel.

L'*ironie* est un trope par lequel on fait entendre le contraire de ce que l'on dit. On doit employer cette figure avec beaucoup de circonspection.

Boileau, qui avait attaqué plusieurs auteurs médiocres, à l'exception de Quinault, feint de se dédire dans les vers suivans dont on saisit facilement l'ironie.

Puisque vous le voulez, je vais changer de style;
Je le déclare donc : *Quinault est un Virgile*;

Pradon, comme un soleil, en nos ans a paru;
Pelletier écrit mieux qu'Ablancourt ou Patru:
Cottin, à ses sermons, traînant toute la terre,
Fend les flots d'auditeurs pour aller à la chaire.

L'ironie n'a jamais été maniée plus finement ni plus agréablement que par *Pascal*, dans ses *Lettres provinciales*.

CHAPITRE XX.

DES FIGURES DE MOTS.

Parmi les figures de mots, il en est, comme nous avons eu l'occasion de le remarquer, qui ne sont pas tropes ou qui ne changent point la signification des termes. Les principales sont : l'*ellipse*, le *pléonasme*, l'*yperbate*, la *syllepse*, la *répétition*, la *disjonction*, la *conjonction*, l'*apposition*, la *gradation*, la *réversion*, la *synonymie*.

L'*ellipse* supprime un ou plusieurs

mots dont la construction grammaticale aurait besoin, pour ajouter à la précision sans nuire à la clarté.

Je t'aimais, inconstant, qu'aurais-je fait, fidèle ?

D'après la grammaire il aurait fallu dire : Si je t'aimais quoique tu fusses inconstant, qu'aurais-je fait si tu avais été fidèle? mais ce tour eût été languissant. Le poëte, par cette hardiesse, a rendu l'expression plus vive, plus animée.

Le *pléonasme* ajoute par goût ce que la grammaire rejette comme superflu : cette figure a pour objet d'insister fortement, et d'inculquer sa proposition.

Je l'ai vu, dis-je, vu, de mes propres yeux vu,
Ce qu'on appelle vu. . . . .

L'*yperbate* transpose l'ordre de la syntaxe ordinaire :

Et les hautes vertus que de vous il hérite,

pour qu'il hérite de vous.

La *syllepse* fait figurer le mot avec l'idée plutôt qu'avec le mot auquel il se rapporte.

Entre le pauvre et Dieu, vous prendrez Dieu pour juge.
Vous souvenant, mon fils, que, caché sous le lin,
Comme eux vous fûtes pauvre, et comme eux orphelin.

Comme eux se rapporte à l'idée et ne s'accorde pas avec la construction de la phrase.

La *répétition* consiste à répéter les mêmes mots, soit pour insister sur quelque pensée, soit pour exprimer une passion vive, un sentiment profond. On en voit un bel exemple dans ces vers de Racine :

Je ne t'écoute plus,

(Dit à Œnone Phèdre en furie.)

Va-t-en, monstre exécrable,
Va, laisse-moi le soin de mon sort déplorable.
Puisse le juste ciel dignement te payer,
Et puisse ton supplice à jamais effrayer
Tous ceux qui, comme toi, par de lâches adresses,
Des princes malheureux nourrissent les faiblesses!

La *disjonction* retranche les particules conjonctives, pour donner plus de liberté et de rapidité au style :

Français, Anglais, Lorrains, que la fureur assemble,

Avançaient, combattaient, frappaient, mouraient ensemble.

VOLTAIRE.

La *conjonction* multiplie les particules copulatives, afin de donner plus de force à la pensée :

Quel carnage de toutes parts !
On égorge à la fois les enfans, les vieillards,
Et la sœur et le frère,
Et la fille et la mère,
Le fils dans les bras de son père.

RACINE.

L'*apposition* emploie des substantifs comme épithètes :

C'est dans un faible objet, imperceptible ouvrage,
Que l'art de l'ouvrier me frappe davantage.

Dans le premier de ces deux vers, *ouvrage imperceptible* est joint, par apposition, à *faible objet*.

La *gradation* a pour objet d'accumuler des pensées ou des expressions qui enchérissent les unes sur les autres, jusqu'à la dernière qui est la plus forte ou la plus faible de toutes, selon que la gradation est ascendante ou descendante :

Un charlatan se vantait d'être
En éloquence un si grand maître,
Qu'il rendrait disert un *badaud*,
Un *manant*, un *rustre*, un *lourdaud*;
Oui, messieurs, un *lourdaud*, un *animal*, un *âne*;
Que l'on m'amène un *âne*, un *âne renforcé*,
Je le rendrai maître passé,
Et veux qu'il porte la soutane.

LA FONTAINE.

La *réversion* est une figure par laquelle on fait revenir les mots sur eux-mêmes, avec un sens différent, comme dans cet exemple :

Oui, j'ai dit dans mes vers qu'un célèbre assassin,
Laissant de Galien la science infertile,
D'ignorant médecin devint maçon habile;
Mais de parler de vous je n'eus jamais dessein,
Perrault, ma muse est trop correcte.
Vous êtes, je l'avoue, ignorant médecin,
Mais non pas habile architecte.

BOILEAU.

La *synonymie* a lieu quand on accumule plusieurs mots semblables pour le sens, afin de donner plus de force au discours, et le rendre plus expressif. « J'assure, dit celui qui se voit accusé, j'atteste, je certifie que le fait est faux. »

CHAPITRE XXI.

DES FIGURES DE PENSÉES.

Les figures de pensées sont des tours adroits et variés, qui empêchent le discours de languir, lui donnent de la vigueur, de la grâce et de la noblesse. On en compte un très-grand nombre; les principales sont : l'*interrogation*, la *subjection*, l'*apostrophe*, l'*exclamation*, etc., etc.

L'*interrogation* a lieu toutes les fois que l'orateur paraît interroger son adversaire ou son auditeur, moins pour en obtenir une réponse que pour presser, convaincre ou confondre ceux qu'il veut persuader. Cette figure anime le discours, exprime l'indignation, la douleur, la crainte et tous les autres mouvemens de l'âme.

Racine, dans *Athalie*, fait ainsi parler Joad, indigné de voir Josabet s'entretenir avec Mathan :

Où suis-je ? de Baal ne vois-je pas le prêtre ?
Quoi ! fille de David, vous parlez à ce traître ?
Vous souffrez qu'il vous parle ? et vous ne craignez pas,
Que du fond de l'abîme, entrouvert sous ses pas,
Il ne sorte à l'instant des feux qui vous embrasent,
Ou qu'en tombant sur lui ces murs ne vous écrasent ?
Que veut-il ? De quel front cet ennemi de Dieu
Vient-il infecter l'air qu'on respire en ce lieu ?

La *subjection* est une figure par laquelle l'orateur s'interroge lui-même, et répond à ses propres questions :

Est-on héros pour avoir mis aux chaînes
Un peuple ou deux ? Tibère eut cet honneur.
Est-on héros en signalant ses haines
Par la vengeance ? Octave eut ce bonheur.
Est-on héros en régnant par la peur ?

Séjan fit tout trembler, jusqu'à son maître.
Mais de son ire éteindre le salpêtre,
Savoir se vaincre et réprimer les flots
De son orgueil ; c'est ce que j'appelle être
Grand par soi-même, et voilà mon héros.

J.-B. ROUSSEAU.

L'*apostrophe* est une figure par laquelle l'orateur s'adresse à un personnage réel, absent ou mort, comme s'il était présent, et qu'il écoutât. Si on considère l'apostrophe sous le rapport de hardiesse oratoire, ou d'élévation de style, elle est inférieure à la prosopopée.

Les poésies d'Ossian offrent de beaux exemples de cette figure. « Pleure, ô fille d'Inistore, pleure sur ces rochers battus par les vents de la tempête ! Courbe ta tête charmante; penche-la sur les flots, ô toi, plus belle que le génie des montagnes, lorsque dans le calme silencieux de Morven, il passe au milieu d'un beau jour, porté sur les rayons du soleil. Las ! il est tombé...! Sa jeunesse est flétrie...! pâle, sans couleur et sans vie, il est tombé sous le glaive de Cuchullin. »

L'*exclamation* est l'expression naturelle de tout sentiment vif et subit qui saisit l'âme; soit douleur, soit crainte, soit joie, soit admiration.

Cornélie, entendant vanter les regrets et la douleur de César à la vue de l'urne qui renfermait les cendres de Pompée, s'écrie :

O soupirs! ô respects! ô qu'il est doux de plaindre
Le sort d'un ennemi, quand il n'est plus à craindre!

Cette figure est aussi employée pour exprimer des vœux et des désirs :

O fortuné séjour! ô champs aimés des cieux!
Que pour jamais foulant vos prés délicieux,
Ne puis-je ici fixer ma course vagabonde,
Et, connu de vous seuls, oublier tout le monde!

La *prosopopée* prête de l'action et du sentiment aux choses insensibles. Elle fait parler les présens, les absens, les êtres animés, inanimés, réels, imaginaires; elle évoque même les morts du tombeau. Cette figure est la plus hardie, la plus vive et la plus brillante de l'éloquence; on ne doit en faire usage que dans les grandes passions.

Le morceau suivant offre un exemple de prosopopée de la plus grande beauté :

« O Fabricius! qu'eût pensé votre grande âme, si, pour votre malheur, appelé à la vie, vous eussiez vu la face pompeuse de cette Rome sauvée par votre bras, et que votre nom respectable avait plus illustré que toutes ses conquêtes? Dieux! eussiez-vous dit, que sont devenus ces toits de chaume et ces foyers rustiques qu'habitaient jadis la modération et la vertu? Quelle splendeur funeste a succédé à la simplicité romaine! Quel est ce langage étranger? quelles sont ces mœurs efféminées? que signifient ces statues, ces tableaux, ces édifices? Insensés! qu'avez-vous fait? Vous, les maîtres des nations, vous vous êtes rendus les esclaves des hommes frivoles que vous avez vaincus. Ce sont des rhéteurs qui vous gouvernent? c'est pour enrichir des architectes, des peintres, des statuaires et des histrions, que vous avez arrosé de votre sang la Grèce et l'Asie! Les dépouilles de Carthage sont la proie d'un joueur de flûte! Romains, hâtez-vous de renverser ces amphithéâtres, brisez ces marbres, brûlez ces tableaux, chassez les esclaves qui vous subjuguent et dont les funestes arts vous corrompent. Que d'autres mains s'illustrent par de vains talens; le seul talent digne de Rome, est celui de conquérir le monde et d'y faire régner la vertu. Quand Cynéas prit notre sénat pour une assemblée de rois, il ne fut ébloui ni par une pompe vaine, ni par une élégance recherchée; il n'y entendit point cette éloquence frivole, l'étude et le charme des hommes futiles. Que vit donc Cynéas de majestueux? O citoyens! il vit un spectacle que ne donneront jamais vos richesses ni tous vos arts, le plus beau spectacle qui ait jamais paru sous le ciel, l'assemblée de deux cents hommes vertueux, dignes de commander à Rome, et de gouverner la terre. »

J.-J. Rousseau. (Discours.)

L'*imprécation*, qui porte avec elle sa définition, est toujours l'expression de la colère et de la fureur. *Cléopâtre* expirante en fait usage quand, en s'adressant à Antiochus, son fils, et à sa nouvelle épouse, elle leur dit :

Puisse le ciel tous deux vous prendre pour victimes !
Et laisser choir sur vous la peine de mes crimes !
Puissiez-vous ne trouver dedans votre union
Qu'horreur, que jalousie et que confusion !
Et pour vous souhaiter tous les malheurs ensemble,
Puisse naître de vous un fils qui me ressemble !

L'*obsécration* est une prière ardente que nous adressons à Dieu ou aux hommes, pour qu'ils nous préservent, ou nous délivrent de quelque malheur, ou bien pour en obtenir quelque faveur.

Abner, dans Athalie, adresse cette prière au Seigneur :

Hélas ! Dieu voit mon cœur; plût à ce Dieu puissant,
Qu'Athalie oubliât un enfant innocent ;
Et que du sang d'Abner, sa cruauté contente,
Sût calmer par ma mort le ciel qui la tourmente!
Mais que peuvent pour lui vos inutiles soins ?
Quand vous périrez tous, en périra-t-il moins ?

L'*hypotypose* peint les objets avec des couleurs si vives et des images si vraies, qu'elle les met en quelque façon sous les yeux. C'est une figure de grand mouvement et tout-à-fait propre au langage de la passion. Elle rend l'objet présent à celui qui l'aime ou qui le hait, qui le craint ou qui le désire. Il copie le tableau avec une telle expression, qu'il fait partager au lecteur ou à l'auditeur les mouvemens dont il est lui-même pénétré. Le passage suivant, tiré de Racine, nous offrira un bel exemple d'hypotypose :

Andromaque à Céphise:

Dois-je oublier Hector, privé de funérailles,
Et traîné sans honneur autour de nos murailles ?

Dois-je oublier son père à mes pieds renversé,
Ensanglantant l'autel qu'il tenait embrassé?
Songe, songe, Céphise, à cette nuit cruelle
Qui fut pour tout un peuple une nuit éternelle;
Figure-toi Pyrrhus, les yeux étincelans,
Entrant à la lueur de nos palais brûlans,
Sur tous mes frères morts se faisant un passage,
Et de sang tout couvert échauffant le carnage;
Songe au cri des vainqueurs, songe au cri des mourans!
Dans la flamme étouffés, sous le fer expirans;
Peins-toi, dans ces horreurs, Andromaque éperdue.
Voilà comme Pyrrhus vint s'offrir à ma vue;
Voilà par quels exploits il sut se couronner:
Enfin voilà l'époux que tu me veux donner.

(*Andromaque*, acte III.)

On peut rapporter à l'hypotypose:

1° La *prosographie*, qui représente les traits extérieurs d'une personne, le visage, l'air, le maintien:

2° L'*éthopée*, ou représentation des mœurs, qui décrit les vertus et les vices, le caractère d'un peuple, d'une personne. Bossuet parle ainsi de Cromwell:

« Un homme s'est rencontré d'une

profondeur d'esprit incroyable. Hypocrite raffiné autant qu'habile politique; capable de tout entreprendre et de tout cacher; également actif et infatigable dans la paix et dans la guerre; qui ne laissait rien à la fortune de ce qu'il pouvait lui ôter par conseil ou par prévoyance; mais, au reste, si vigilant et si prêt à tout, qu'il n'a jamais manqué les occasions qu'elle lui a présentées; enfin, un de ces esprits remuans et audacieux, qui semblent être nés pour changer le monde. »

3° La *chronographie*, qui caractérise le temps d'un événement par le détail des circonstances.

4° La *topographie*, qui décrit les lieux, comme une province, une ville, une maison, un port, un palais, une église.

5° La *démonstration* ou *description*, l'une des plus belles et des plus riches figures de la rhétorique, qui rassemble toutes les espèces d'hypotyposes; l'extérieur, les sentimens, les lieux, etc.

On en trouve de nombreux exemples dans Châteaubriand et Bernardin de Saint-Pierre.

L'*ironie*, figure piquante et souvent pleine de fiel, a toujours pour but de faire entendre le contraire de ce qu'elle dit : ainsi *Oreste*, après avoir tué *Pyrrhus*, pour plaire à *Hermione*, apprenant qu'elle n'a pu lui survivre et qu'elle s'est donné la mort, s'écrie *ironiquement :*

Grâce aux dieux, mon bonheur passe mon espérance,
Oui, je te loue, ô ciel, de ta persévérance.

L'*hyperbole* donne de la grandeur aux objets au-delà des proportions que la nature leur a assignées. Cette figure nous est si familière que nous en retrouvons l'usage dans toutes les langues, et presque dans chaque conversation particulière. Rien de plus commun que d'entendre dire : *léger comme le vent, blanc comme la neige, etc.*

On distingue deux espèces d'hyperboles; les unes servent aux descriptions, les autres sont inspirées instantanément par l'ardeur de la passion. Celles-ci sont généralement plus justes et leur hardiesse se fait supporter plus naturellement. Le passage suivant de Milton, où le prince des ténèbres en proie à tous les excès de la rage et du désespoir, exprime ses sentimens d'une manière exagérée, ne semble contenir rien qui ne soit très-naturel dans sa bouche :

Où me cacher, où fuir son pouvoir souverain,
Son œil inévitable et sa terrible main?
Sa puissance est sans borne, et mon malheur l'égale.
Vainement j'ai brisé ma prison infernale;
Ah! l'enfer véritable est au fond de mon cœur;
Lui-même est un enfer creusé par ma fureur;
Gouffre plus effrayant, plus dévorant abîme
Que l'antre épouvantable où m'a plongé le crime.
Près de lui, je le sens, l'enfer même est un ciel.

DELILLE.

Dans les descriptions on doit faire usage de l'hyperbole avec plus de réserve.

La *litote* paraît affaiblir par l'expression ce qu'elle veut laisser entendre dans toute sa force. Ainsi on dit d'un homme courageux, que *ce n'est pas un poltron*; d'un homme de beaucoup d'esprit, que *ce n'est pas un sot*.

L'*antithèse* est fondée sur le contraste qui existe entre deux objets qui, opposés l'un à l'autre, nous semblent, par cette figure, placés sous un jour plus lumineux. La beauté ne paraît jamais mieux que quand on l'oppose à la laideur ou à la difformité. On doit faire usage de cette figure dans les occasions où l'on désire que l'objet fasse une impression forte et durable sur l'esprit.

Dans l'*Héraclius* de Corneille, Phocas, voyant Héraclius et Martian se disputer le titre de fils de Maurice, et refuser tous les deux d'être regardés comme fils de Phocas, s'écrie avec douleur :

« O malheureux Phocas ! ô trop heureux Maurice !

Tu retrouves deux fils pour mourir après toi :
Et je n'en puis trouver pour régner après moi. »

Faisons observer que le style est fatigant et désagréable quand les antithèses sont multipliées, lorsque surtout l'opposition entre les mots est délicate et subtile.

L'*antéoccupation* est une figure par laquelle on prévient une objection pour la réfuter d'avance. Elle contient, par conséquent, l'objection et la réponse. Ex. :

« Mais, dira-t-on, n'est-il point de vertu
Franche d'atteinte en ce siècle tortu ?
Point de talens à couvert de l'envie ?
Pardonnez-moi ; j'en connais dans la vie
Un qui met l'homme en pleine sûreté :
Et quel est-il ? La médiocrité. »

(J.-B. ROUSSEAU.)

La *suspension* est une figure par laquelle l'orateur ou le poëte tient pour un temps l'esprit de l'auditeur en suspens, et l'étonne tout à coup par un trait saillant qu'il n'attendait pas. Corneille, dans la scène d'Auguste et de Cinna, en fait un bel usage, lorsqu'après l'énumération de ses bienfaits, l'empereur poursuit ainsi :

Tu t'en souviens, Cinna : tant d'heur et tant de gloire
Ne peuvent pas sitôt sortir de ta mémoire.
Mais ce qu'on ne pourrait jamais imaginer,
Cinna, tu t'en souviens et *veux m'assassiner !*

La *prétérition* ou *prétermission* est une figure par laquelle on dit une chose en assurant qu'on se gardera bien de la dire. Mathan, s'adressant à Nabal, emploie cette figure :

« Qu'est-il besoin, Nabal, qu'à tes yeux je rappelle
De Joad et de moi la fameuse querelle,
Quand j'osai contre lui disputer l'encensoir,
Mes brigues, mes combats, mes pleurs, mon désespoir ? »

RACINE.

La *réticence* ou *aposiopèse* est une figure dont le silence affecté en dit plus que les expressions les plus énergiques. Ainsi dans le *Britannicus* de Racine, Agrippine adresse ces paroles à Néron :

J'eus soin de vous nommer, par un contraire choix,
Des gouverneurs que Rome honorait de sa voix.
Je fus sourde à la brigue, et crus la renommée :
J'appelai de l'exil, je tirai de l'armée,
Et ce même Sénèque et ce même Burrhus,
Qui depuis... Rome alors estimait leurs vertus.

Henri III assassiné prédit le même sort à Henri IV :

Vous connaissez la ligue et vous voyez ses coups;
Ils ont passé par moi pour aller jusqu'à vous.
Peut-être un jour viendra qu'une main plus barbare...
Juste ciel! épargnez une vertu si rare.

(*Henriade.*)

La *dubitation* est une figure par laquelle l'orateur paraît incertain de ce qu'il doit dire ou de ce qu'il doit faire. Scipion, haranguant ses soldats rebelles, s'exprime ainsi : « Les pensées et les expressions me manquent pour vous parler; je ne sais même quel nom je dois vous donner. Vous appelerai-je citoyens? vous vous êtes révoltés contre votre patrie. Soldats? vous avez rejeté les auspices, méprisé l'autorité du général, violé la religion du serment. Ennemis? votre extérieur, vos habits, votre visage même annoncent des citoyens, et cependant vos discours, vos complots ne montrent que des ennemis. »

La *concession* consiste à accorder quelque chose à son adversaire, mais pour en tirer sur-le-champ avantage contre lui. Ex. :

Je le tiens galant homme en toutes les manières,
Homme de qualité, de mérite, de cœur,
Tout ce qu'il vous plaira, mais fort méchant auteur.
Je louerai, si l'on veut, son train et sa dépense,
Son adresse à cheval, aux armes, à la danse;
Mais pour louer ses vers, je suis son serviteur.

MOLIÈRE. (Le *Misanthrope.*)

L'*épiphonème* est une sorte d'exclamation, ou plutôt une réflexion qui termine un raisonnement ou un récit. Ex. :

Tant de fiel entre-t-il dans l'âme des dévôts.

(*Lutrin.*)

CHAPITRE XXII.

DE L'ACTION.

L'*action* est cette partie de la rhétorique qui enseigne à l'orateur l'art de s'énoncer de manière à plaire et à persuader; elle est l'éloquence du corps.

L'action produit des effets si puissans qu'on ne saurait trop dire de quelle importance il est de savoir s'en servir. Le prince des orateurs, interrogé quelle était la première qualité en éloquence, la seconde, la troisième, répondit toujours que c'était l'action, et il lui donna le premier, le second et le troisième rang, comme s'il eût pensé qu'elle était non la première qualité, mais la seule. Il y a sans doute un peu d'exagération dans ces paroles de Démosthènes; mais pour réduire sa pensée à une juste valeur, disons qu'un discours médiocre, soutenu de toute la force et de toutes les grâces de l'action, produira plus d'effet que le plus éloquent discours dépourvu de ce charme puissant. Souvent des hommes supérieurs ont échoué parce qu'ils n'avaient pas le talent de l'action, tandis que des orateurs d'un faible mérite, qui le possédaient, ont recueilli la palme de l'éloquence.

L'action renferme trois parties : la *prononciation*, le *geste* et la *mémoire*.

La *prononciation* est la manière de rendre par la voix les mots du discours.

Les qualités exigées dans la prononciation, sont : qu'elle soit claire, égale, ornée et variée ; qu'elle ne soit ni trop lente, ni trop rapide, qu'on y ménage des intervalles et pour le soulagement de l'orateur et pour le plaisir de l'auditeur.

Pour être bien entendu, une articulation distincte est peut-être plus nécessaire encore qu'une forte voix. Il faut, pour remplir un espace considérable, une quantité moindre de son qu'on ne se l'imagine ordinairement. Une voix faible, mais nette, pénètre plus loin qu une voix forte mais confuse. L'orateur doit donc faire en sorte que chaque syllabe, chaque lettre soit entendue distinctement.

On exige pour l'ornement de la prononciation, que la voix soit secondée d'un heureux organe; qu'elle soit flexible, ferme, pure, douce, sonore. Trop basse, elle n'a point de force; trop aiguë, elle est perçante. Les tons moyens sont les plus convenables, parce qu'il est facile de les élever ou de les adoucir selon les circonstances.

On veut de la variété, parce que rien ne lasse autant que la monotonie qui consiste à prononcer tout un discours d'une seule haleine et sans changer de ton. Nous devons prononcer de manière qu'un même endroit, un même mouvement, soient mêlés de certaines inflexions délicates, selon que le demandent, ou le commencement d'une période, ou la chute d'une phrase, ou la dignité des paroles, ou la beauté des pensées.

Le *geste* est l'expression des pensées par les mouvemens du corps.

Les gestes comprennent les mouvemens de la tête, du visage, des yeux, du front, des épaules, des bras, des mains et du corps entier.

La règle la meilleure qu'on puisse suivre à cet égard, est d'étudier les gestes par lesquels les hommes, en parlant entre eux, manifestent leur indignation, leur pitié, leur zèle, leur émotion, enfin tout ce qu'ils sentent. La nature sans doute est la base de toute cette partie de l'expression oratoire; cependant l'art et l'étude peuvent influer beaucoup sur son perfectionnement. Il est quelques principes généraux utiles à connaître et avantageux à pratiquer. Ainsi, l'orateur doit s'appliquer à conserver autant de dignité qu'il est possible dans son maintien. La position droite est celle qui convient le mieux, afin que les mouvemens soient libres et aisés. L'expression de la physionomie doit être en harmonie avec la nature du discours, et un regard ferme et grave convient toujours, quand il n'y a à peindre aucune émotion particulière. On ne doit pas tenir ses yeux immobiles ; mais il faut les mouvoir avec aisance et les promener sur toute l'assemblée. C'est dans le mouvement des mains que consiste la principale partie du geste ; la main droite naturellement doit être plus souvent employée que la gauche. Le mouvement des deux mains est quelquefois nécessaire quand l'âme est agitée de fortes émotions. Au reste, qu'on fasse usage des deux mains ou d'une seule, le point important est que les mouvemens soient libres et faciles; car ils deviendraient désagréables s'ils étaient gênés ou restreints. Enfin nous recommandons à l'orateur d'éviter toute espèce d'affectation, de n'imiter personne et de ne pas aller se faire un modèle de perfection idéal. Pour acquérir une manière pressante et persuasive, il suffit de prendre la nature pour guide, et de parler en public comme nous le faisons en particulier, lorsqu'un grand intérêt nous dirige, et que notre cœur nous dicte les expressions dont nous devons nous servir.

La *mémoire* est cette faculté par laquelle nous gardons en dépôt et conservons, pour quelque usage futur, les connaissances que nous avons acquises.

On la définit encore, la faculté par laquelle l'âme conserve le souvenir des idées qu'elle a reçues.

La mémoire, fondement de toutes les autres facultés, si elle n'est pas la plus belle, peut être aidée par l'attention et la liaison des idées; on la fortifie et on l'augmente par l'exercice. Quand l'attention et la liaison cessent d'agir, il n'y a presque plus de mémoire; et par conséquent si l'une est supprimée, la mémoire éprouve une forte altération. Nous avons dit qu'elle était aidée, parce qu'il est évident qu'une heureuse mémoire est un don précieux de la nature, don qui se manifeste dès nos premières années et qui s'étend à mesure qu'on sait mieux le cultiver.

Comme on demandait à Massillon quel était son meilleur sermon, il répondit : « C'est celui que je sais le mieux.» Paroles d'un très-grand sens, et qui font concevoir tout le prix de la mémoire.

Le plus admirable emploi de la mémoire, dit Rollin, c'est l'improvisation. L'esprit, par une agilité étonnante, occupé en même temps des preuves, des pensées, des expressions, de l'arrangement, du geste, de la prononciation, et allant toujours en avant au-delà de ce qui se dit actuellement, prépare de quoi fournir sans cesse et sans interruption à l'orateur, et remet ce dépôt à la mémoire qui, d'une main fidèle, l'ayant reçu de l'invention et livré à l'élocution, le rend à l'orateur à point nommé, sans prévenir ni retarder ses ordres d'un moment.

FIN.

TABLE.

FIN DE LA TABLE.

CONDITIONS

DE LA SOUSCRIPTION.

La Bibliothèque économique et portative formera *cinquante volumes*, qui seront *publiés* séparément *et très-exactement* de huitaine en huitaine.

Le prix de chaque volume, de 150 *pages* environ (*équivalant à* 300 *pages du format in*-18), est fixé, depuis la mise en vente de la quinzième livraison, à 60 *centimes* pour les souscripteurs à la collection entière.

Chaque volume vendu séparément coûtera 75 *centimes*.

Les volumes pour l'intelligence desquels des planches gravées sont nécessaires, seront portés à 70 c. pour les souscripteurs, et à 85 c. pour les non-souscripteurs.

Les vingt premières livraisons sont en vente.

(*On ne paie rien d'avance.*)

Tous les manuscrits étant d'avance entre les mains de l'Éditeur, les souscripteurs à la collection n'éprouveront aucun retard.

On souscrit

A PARIS,

AU PALAIS-ROYAL,

CHEZ DAUTHEREAU,

A LA LIBRAIRIE AU RABAIS,

Grande cour du Palais-Royal, côté du Théâtre-Français.

OUVRAGES

QUI COMPOSERONT LA COLLECTION.

Ceux marqués d'un astérisque * sont en vente.

HISTOIRE.

* 1. Histoire de France
* 2. —romaine.
* 3. —ancienne.
4. —du moyen âge.
5. —moderne.
6. —de la Grèce ancienne.
7. —de la Grèce moderne.
* 8. —d'Angleterre.
* 9. —d'Espagne.
10. —de Portugal.
*11. —de la Suisse.
12. —de l'Allemagne.
13. —de la Russie.
*14. —de la Turquie.
15. —de Suède, Norwège, Danemarck.
16. —de la Prusse.
17. —de la Pologne.
18. —de l'Italie.
19. —de Venise.
*20. —des États-Unis.
*21. —des républiques du Nouveau-Monde.
22. —de la Chine.
*23. —de la révolution française.
24. —du consulat et de l'empire.
25. —de la révolution d'Angleterre.
26. Table chronologique de l'histoire de tous les peuples.
27. Biographie des hommes célèbres.

SCIENCES.

*28. Élémens de grammaire française.
*29. — de rhétorique française.
30. — de mythologie.
31. — de géographie.
*32. Astronomie. 1re p.
*33. *Id.* 2e p.
*34. Arithmétique.
35. Algèbre.
36. Géométrie.
37. Logique.
38. Métaphysique.
39. Morale.
40. Art de lever les plans.
41. Mécanique.
*42. Physique. 1re p.
*43. *Id.* 2e p.
*44. Chimie. 1re p.
*45. *Id.* 2e p.
46. Histoire naturelle.
47. Minéralogie.
*48. Botanique.
49. Zoologie.
50. Médecine.

www.ingramcontent.com/pod-product-compliance
Ingram Content Group UK Ltd.
Pitfield, Milton Keynes, MK11 3LW, UK
UKHW031854260826
14628UKWH00002B/759